超棒小說再進化

深度剖析拍成電影的暢銷小說，教你呈現好萊塢等級的戲劇張力！

Advanced Techniques for Dramatic Storytelling

詹姆斯·傅瑞——著　尹萍——譯

How
to
Write
a
Damn
Good Novel, II

James N. Frey

超棒小說再進化——目錄

推薦序

寫故事的魔術手法書

在二十六歲那年，我有過一次非常震撼的觀賞小劇場經驗。那是一齣獨角戲，一個演員在舞台上飾演三十七個角色。布景頗樸素，純靠演技與劇本張力支撐。我還清楚記得，台上演員跨了兩步，將帽子從頭頂翻落到手中，口音迅速從呼嚕嚕的義大利腔英文，轉換成口條俐落的紐約口吻，而底下觀眾也在那兩步之內，從一個黑幫老大的豪華客廳，被帶進紐約市警局。

這部戲就是《教父》，無論是電影抑或小劇場，都由馬里奧．普佐的同名暢銷小說改編。

《教父》太紅了，所以在當年，我只把這部小說當成特例處理。但經過近十年的產業觀察，我逐漸發覺，事情並非如此。有些小說生命力特別頑強，即便在書市的熱度退燒之後，還能夠以電影、電視、舞台劇，甚至於音樂劇的形式，在世界的各個角落重現光芒。

什麼樣的故事可以跨領域？

在看完《超棒小說這樣寫》之後，我隱約有了些猜測，但直到讀完《超棒小說再進化》，腦中圖像才一躍從矇矓轉為清晰。

這本書依舊只談小說寫作，並沒有特別要教人為影視而寫，更不是一本關於文學分析的書。然而，傅瑞為了深入解釋超棒小說的寫作原理，引用的例子包括了奧斯卡勝利組的《教父》，被拍了三次電影的《魔女嘉莉》，續集拍到沒完沒了的《大白鯊》，影集跟電影一樣紅的《傲慢與偏見》，以及音樂劇美過電影的《化身博士》。

那麼多部受大銀幕歡迎的文字作品，貌似完全不同類型的故事，竟有著一模一樣的基因——這些小說都能創造一個困境，讓讀者深深認同主角的心情，都在第一時間就令讀者擔心，甚至於也都在最後一刻，才讓讀者舒一口氣、或嘆一口氣。

當然，小說要做到如此吸睛，說故事的能力不只是要好，根本是要能出神入化。對於創作者而言，這本《超棒小說再進化》的標準顯然高出不少，要求也更剽悍。不過對於單純的讀者如我，這本書卻比《超棒小說這樣寫》更有趣，因為終於有一天，我可以不必管基本功要怎麼練，只專注在解讀小說家如何花招百出，讓讀者一頁一頁翻不停。

舉個例吧。看過這本書之後，我馬上找了個傅瑞沒提到的傢伙，開始重讀他的作品。這位，便是《似曾相識》、《我是傳奇》跟《鋼鐵擂台》等著名電影的原著小說作者：理察．麥特森（Richard Matheson）。

我喜歡理察．麥特森，喜歡他所有故事裡那種充滿了人生在世間，寄蜉蝣於天地，渺滄海之一粟的孤寂。我想，根本上，我喜歡孤寂。

寫孤寂感的作者很多，但被改編成影視的卻極少，於是我試著拿《超棒小說再進化》的原理去檢驗麥特森的小說，結果非常有趣。傅瑞提到的每一條原則，麥特森都推廣到極致，因此雖然故事本質永遠纏繞在孤寂，但展示上卻一如魔術般熱鬧，不停有玫瑰、絲巾與拐杖冒出來，在觀眾最眼花撩亂的時刻，碰地一聲，白鴿飛上天，作者鞠躬退場，讀者充滿眷戀闔上最後一頁，期待下一本，再伴他們度過漫漫長夜。

一場好看的魔術秀，絕對要有創意，最好也兼顧藝術性，以上兩者靠天分，但技巧、手法、道具，與這三者間天衣無縫的串聯，要靠學習與練習。在名為「小說」的這場舞台秀裡，麥特森串得好、史帝芬．金串得強，珍．奧斯汀串出宗師級境界。而《超棒小說再進化》，就是一本關於寫故事的魔術手法書，想要從事這行的，藉此熟練，也能從其中自創新法，而即使不寫只看熱鬧如我之輩，也可藉由這本書，一窺魔術師背後的奧妙。

馮勃翰，台大經濟系副教授，《超棒小說》系列選書人

作者序

這本書不見得適合你

寫給新手小說家的書，圖書館架子上有幾十本，大多數對寫作都有些幫助，其中幾本還特別傑出，比方說，埃格里（Lajos Egri）的《戲劇寫作的藝術》（The Art of Dramatic Writing）、畢克漢（Jack M. Bickham）的《寫出能賣的小說》（Writing Novels That Sell）、諾特（Raymond C. Knott）的《小說工藝》（The Craft of Fiction）、芝英．歐文（Jean Z. Owen）的《專業小說寫作》（Professional Fiction Writing），以及佛斯特哈里斯（William Foster-Harris）短小有力的傑作《小說的基本公式》（The Basic Formulas of Fiction）。

當然囉，架子上還有我自己的《超棒小說這樣寫》。為了表示謙虛起見，我不便推薦，只能這樣告訴你：《超棒小說這樣寫》已經加印N次，非常多美國的小說寫作班都拿這本書當教材，在英國以及歐洲也都出版了，還有《作家文摘》（Writer's Digest）也推薦，雖然這本書根本不是由他們出版的。還有……

要謙虛，所以不提了。

我要說的是，已經有一些書在討論小說寫作的基本概念，解釋了諸如怎樣創造活力充沛的人物，衝突的性質與目的，人物如何發展，如何找出前提，怎麼使用前提，衝突如何上升至高潮並達成解決，如何選擇觀點，運用活靈活現的精采語言，寫出巧妙俐落的對白等等。

但《超棒小說再進化》跟以上，都不一樣。

寫這本書的時候，我假設讀者已經熟悉基本原則，渴望知道更多。本書談的是進階技巧，例如怎樣讓人物不僅活靈活現，而且難以忘懷；怎樣加強讀者對書中人物的同情心與認同；怎樣增添懸疑，讓讀者不能放下；怎樣與讀者達成默契並且遵守；怎樣避免小說作者的七大致命錯誤；以及，可能最重要的是，怎樣以熱情的心寫作。

本書還有一點與其他寫給初學者的書不同——我不會立下行不通、沒道理的規範，稱是天條。大部分談論小說技巧的書都是教導創作的老師們寫的，他們發現初學者對觀點的掌握不太好，於是自訂規範，告訴學生說：「同一場景之內不可轉換觀點。」或是他們的學生常常在作品中站出來說教，於是做老師的又立下規矩：「作者必須隱身幕後。」初學者採用的敘述聲調可能不適合其題材，因此老師們又教導說：「第一人稱敘述比第三人稱限制多，但是感覺比較親密，所以想要與讀者維持親密感的話，還是用第一人稱敘述的好。」

這些訓誡與規定完全是空話，聽他們的，就好比想當奧運游泳選手，卻在腳上綁了錨。

其實，創作老師們純粹是為了讓自己的日子好過些，才會拿這些偽規教導新手，因為偽規讓新手作家「好像是」掌握了寫作材料。我曾受教於美國一些頂尖的創作老師，學到一大堆偽規，虔誠信仰敬謹遵從，多年以後又曾拿這些偽規傳授給我的學生。如今我知道了，偽規與可行的原則有一點不同：偽規是棺材，可行的原則是大砲，你的才華一如彈藥，裝進砲裡就能一飛衝天，填進棺材……就只能搞出個更重的棺材而已。

在《超棒小說再進化》裡，你會看到許多偽規不堪一擊。比方說，我會解釋給你聽，為什麼在一個場景之內，觀點可以轉換；而作者也可以隨意入場表示意見，只要不違反作者與讀者所達成的默契就行；此外，並非第一人稱才能維持親密感，不管你用哪種觀點，你都可以做到完全貼近讀者內心。

本書也會進一步討論前提的正確使用與錯用，如何讓讀者進入你虛構的時空，如何創造出更加複雜而難忘的人物，以及如何寫類型小說。

在你往下翻頁之前，請瞭解：這本書不是每個人都適合看，即使你已經不是新手，也不見得適合。

跟《超棒小說這樣寫》一樣，本書討論的小說寫作原則只適用於戲劇性強的小說。如果你想要寫的是別種小說——實驗性、現代派、後現代、極簡派、意象派、哲學性、回憶錄以及後設小說，所有不屬於戲劇形式的其他類別——這本書都不適合你。

但是如果你想寫的是扣人心弦、張力十足、劇情跌宕的小說——而且你已經瞭解小說寫作的基本原則——那麼請進，來參加這場盛宴吧。

1

帶領讀者進入你創造的時空

寫小說是種服務業

假如你想在服務業打天下，你得知道客戶為何上門，而你該如何滿足他們的需求。

比方說，如果你經營一間清潔公司，你該知道顧客期待看到光可鑑人的地板，以及閃閃發亮的浴室；如果你是個離婚律師，你得瞭解客戶不只想獲得一大筆贍養費，還會想要讓前妻或前夫嘗到苦頭。小說寫作是一種服務業，在你坐下來寫一本超棒小說之前，得先知道讀者要的是什麼。

如果你寫的是非小說，讀者要什麼，端看你寫的是什麼書。教人致富的勵志書，會有不少章節告訴讀者，要對自己保持信心，堅持奮鬥，準時交稅以避免國稅局找碴等等。性愛指導手冊裡應該要放大量圖片，並且誇稱練習書中扭來扭去的姿勢，將有助心靈成長。而獨裁者穆加比的傳記裡，應該收集且詳述這壞蛋做過的所有醜事，不管重不重要。

就非小說的書籍寫作而言，作者的主要目的在於提供資訊給讀者，你要陳述事實，且針對這些事實，提出見解。

小說不一樣。一般而言，小說作者所陳述的並非事實，當然也談不上針對事實，提出見解。讀者很難從小說裡獲得所謂系統性的知識，因為小說是虛構的、完全出於想像，書中所陳述的事件從來不曾發生，所描寫的人物也從不存在。那麼，稍微有一點腦袋的人為什麼要買這種騙人的東西？

部分原因頗明顯。推理小說的讀者期待在書的開頭陷入迷霧，而在書的結尾對偵探的聰慧感到歎服；歷史小說的讀者期待品嘗曾經有過的輝煌年代京華煙雲；而愛情小說的讀者則想看到大膽的女主角與英俊的男主角，以及很多令人心神蕩漾的戀情場景。

狄佛托（Bernard DeVoto）在《小說世界》（The World of Fiction）中說，人看書是為了「樂趣。……除了專業與半專業人士之外，沒有人會為了其他理由看小說。」

確實，事情就這麼簡單，一般讀者就只為了樂趣而看小說。但為了達到娛樂讀者的效果，作者要做的事卻絕不簡單，因為，你要帶領讀者進入另一個時空。當讀者看書時，如果覺得像是真的活在小說世界裡，真實世界反而消失無蹤，那麼他們就是被帶進另一個時空了。

來到另一個時空的讀者，像是在作著「虛構的夢」。賈德納（John Gardner）在所著《小說的藝術》（The Art of Fiction）中說：「不管是哪種類型的小說，『虛構的夢』就是小說讓人著迷之處。」

虛構的夢是靠暗示的力量所建構。廣告人、騙子、宣傳家、教士、催眠師，都是用暗示的力量當成主要操作手法，小說家也是。不過，廣告人、騙子、宣傳家和教士，是用暗示的力量來說服別人，而催眠師和小說家則是用它來引導，讓人進入另一個意識狀態。

你會說，哇，這聽起來好神祕！從某個角度來看，確實如此。

催眠師使用暗示的力量，引導被催眠者進入恍惚的情境。催眠師教你坐在椅子上，看著一個發亮的東西，比方一個吊飾，催眠師輕輕晃動那吊飾，抑揚頓挫地說：「你的眼皮很沉重，你覺得愈來愈放鬆，聽著我的聲音，愈來愈放鬆……你的眼睛開始閉起來了，你發現自己在心中的一座樓梯上，你往下走，往下，往下，下到黑暗又安靜的地方，黑暗又安靜……」妙哉，你真的覺得愈來愈放鬆。

催眠師又說：「你看到自己在一座美麗的花園裡，站在步道上，這裡好安靜、好祥和。是慵懶的夏日，太陽出來了，溫暖的微風吹拂，木蘭花盛開……」

催眠師說出的這些詞句，提到的這些東西——花園、步道、木蘭花——會在你的意識裡出現，你感覺到微風吹拂、陽光和煦、花朵芬芳，你進入了恍惚的心境。

小說作者使用同樣的手法，將讀者帶入虛構的夢。他用文字描繪出明確的圖像，在讀者的意識裡形成故事的一幕。在催眠過程中，催眠師敘述的小小故事主角是「你」，你就是主角。小說作者可能也用「你」，但更常見的作法是用「我」、「他」或「她」，效果相同。

大部分的小說寫作書會建議作者「展現給讀者看」，而不要「敘述給讀者聽」。以下是「敘述」的例子：「他走進花園，看見庭園美好。」作者在「告訴」你某個情況，而沒有「展現」給你看。「展現」的例子是這樣：「日落時分，他走進寂靜的花園，感覺微風吹拂過冬青樹叢，空氣中有濃郁的茉莉香。」

就如賈德納在《小說的藝術》中說的：「生動的細節是小說的生命之血……。透過細密觀察所做的細節描述，會持續提供讀者憑據……。具體的細節，把我們帶進故事裡，讓我們信以為真。」當作者「展現」給讀者看時，他是在提供感官知覺的細節，藉此把讀者帶入虛構的夢境。相反的，用「敘述」的方式會把讀者推出虛構之夢，因為這種方式會讓讀者有意識地去分析敘述的內容，讀者於是清醒了過來。在這種情況下，讀者是去思考，而不是去體驗。

因此，閱讀小說是在潛意識的層次裡體驗一個夢境，這就是為什麼愛讀小說的人，討厭學者理性地分析文學。本來是要讓你作夢的境地，學者偏要在裡面尋找理性與邏輯。讀《白鯨記》而去分析其意象，就是在清醒的狀態閱讀。但作者要你受到吸引，進入小說的世界，要你搭上漁船，周遊半個世界去尋找大鯨魚，而不是要你困坐斗室，研究他是怎麼寫，或者搜索隱藏的象徵意義，彷彿這是作者與讀者之間的捉迷藏似的。

作者一旦用文字為讀者創造出圖像，下一步就是讓讀者的情緒融入其中。這靠的是取得讀者的同情。

同情

教人寫小說的書，對於同情這件事往往只是一筆帶過。但是，要引領讀者進入你所創造的時空，關鍵就是讓他們對你的筆下人物產生同情。如果你不能引導讀者進入故事裡的時空，你就沒有寫出超棒小說。

「同情心」這個概念常被誤解。有些小說寫作老師立下偽規，說要讓讀者對書中人產生同情，這人必須要令人敬佩。這絕非事實。像是笛福（Defoe）筆下的茉莉・法蘭德絲、狄更斯《孤雛淚》裡的賊窩首領費金、史蒂文生《金銀島》裡的獨腳海盜，大部分讀者都很同情他們，卻絕不敬佩這些傢伙。茉莉說謊、偷竊、浪蕩；費金指使流浪兒童當小偷；獨腳海盜則是個惡棍、騙子兼海盜。

有一部老電影叫做《蠻牛》，講的是中量級拳王拉莫塔的故事。在電影裡這個角色會打老婆，在拳壇嶄露頭角後便與妻離婚。他勾引未成年少女，因偏執妄想而脾氣暴烈，說話還含糊不清。他在擂台場與街頭同樣野蠻殘忍，然而，由勞勃狄尼洛飾演的這個角色，卻贏得觀眾相當多的同情。

這是怎麼做到的？

在電影開始的時候，拉莫塔受盡冷落忽視，生活貧困，觀眾覺得他可憐。關鍵在這裡：要贏得讀者的同情，就要讓讀者覺得這角色可憐。比方說，在雨果所著《悲慘世界》中，尚萬強出場的時候，他風塵僕僕抵達一個小鎮，想進旅店吃飯。他明明有錢，旅店卻拒絕招待，把他餓得頭昏眼花。不管尚萬強是否曾犯下滔天大罪，在那一刻，讀者同情他。

◆在小說《大白鯊》裡，作者本奇利（Peter Benchley）介紹主角布洛第出場時，布洛第正接到電話，要去找一個在大海失蹤的女孩。讀者知道這女孩已經葬身鯊吻，曉得布洛第將要面對怎樣的狀況，會覺得他可憐。

◆在小說《魔女嘉莉》裡，史蒂芬．金這麼介紹嘉莉出場：「女孩們在熱水下面或伸展或扭曲，熱水如狂風或如細雨，白色的肥皂從這隻手抹到那隻手。嘉莉在她們中間麻木地站著，像是天鵝群中的青蛙。」史蒂芬．金描寫她既胖又滿臉青春痘，這醜女孩遭人取笑，讀者覺得嘉莉可憐。

◆在《傲慢與偏見》中，珍．奧斯汀介紹我們認識女主角伊麗莎白，是在舞會上，賓利先生想要促成朋友達西先生與她跳舞。達西先問賓利：「你說的是哪一位小姐？」接著轉過頭來，看了伊麗莎白一會兒，兩人四目相對，他收回目光，冷冷地說：「她長得還可以，可是不夠漂亮，吸引不了我。」故事進行到這裡，很顯然，讀者會憐憫伊麗莎白竟受到這樣的羞辱。

◆在《罪與罰》中，杜斯妥也夫斯基介紹拉斯柯尼柯夫，說他因為積欠房東太太租金，正處於「巨大的恐懼」之中，到了「精神憂鬱」的地步。讀者沒辦法不憐憫這樣一文不名的人。

◆在《審判》中，卡夫卡介紹男主角約瑟夫．K，是在他被捕的那一刻，讀者想不同情可憐的K都不行。

◆在《鐵血雄師》（The Red Badge of Courage）中，讀者初會男主角亨利這個「年輕士兵」時，他所屬的部隊正要開赴戰場。亨利非常害怕，讀者當然也很為他難過。

◆在《亂世佳人》（Gone with the Wind）裡，作者告訴我們關於郝思嘉的第一件事，就是她不美，但是想要嫁一個美男子。談到愛情，讀者總是同情得不到的那方。

還有一些別的情況，都會自然而然贏得讀者的同情，像是寂寞、無愛、羞辱、窮困、壓抑、尷尬、危險這種種狀況。幾乎所有會帶來主角身體、心理或精神上痛苦的狀態，都能夠贏得讀者的同情。

同情是個門檻，過了這門檻，讀者的情緒就進入故事。沒有同情，讀者對這故事就沒有投入情緒。然而贏得了同情之後，你若要進一步引領讀者進入故事裡的世界，就得讓他認同書中人。

認同

常有人把認同與同情混為一談。同情是讀者覺得角色受苦，讓人不忍。但即使是一個討厭的壞蛋，在臨上絞刑台的那一刻，讀者也會同情他，雖然並不認同他。認同，是讀者不僅同情這角色的苦難，而且還支持他的目標與志向，希望這人能夠如願以償。

以下是是「認同」的範例：

- 在《大白鯊》裡，讀者支持布洛第殺死大白鯊這個目標。

◆在《魔女嘉莉》裡，讀者支持嘉莉參加舞會的渴望，與她反抗暴君母親的意願。
◆在《傲慢與偏見》中，讀者支持伊麗莎白找到愛情與結婚的渴望。
◆在《審判》中，讀者支持K的決心，要掙脫法律的桎梏，獲得自由。
◆在《罪與罰》中，讀者支持拉斯柯尼柯夫脫離貧困的需求。
◆在《鐵血雄師》中，讀者支持亨利證明自己不是膽小鬼的願望。
◆在《亂世佳人》中，讀者支持郝思嘉重整被北軍燒毀的莊園。

你會說，好嘛，可是如果你寫的是一個討厭的惡棍怎麼辦？要怎樣讓讀者認同呢？很簡單。

比方說，你有一個角色關在牢裡。他受到嚴重虐待，獄卒毆打他，別的囚犯痛扁他，他的家人也拋棄他。在這種情況下，就算他像（聖經裡謀殺親兄弟的）該隱一樣有罪，讀者也會憐憫他，所以你贏得了讀者的同情。但是讀者會認同他嗎？

假設他的目標是越獄，但如果他是個冷血殺人犯，讀者不見得會認同這個目標。讀者會希望他關在牢裡，而認同讓他下監服刑的檢察官、法官、陪審團以及獄卒。不過，如果這犯人的目標是改過自新，那讀者就很有可能會認同他。給你的人物一個高貴的目標，讀者就會站在他那邊，不管過去他犯下怎樣的惡行都無妨。

普佐在寫《教父》時遇到的困難是，男主角柯里昂靠放高利貸、收保護費以及賄賂工會維生。他不是那種你會請到家裡喝茶玩牌的人；為了做生意，他還賄賂政客、收買新聞記者、恐嚇義大利裔的小店主，叫他們只准賣他進口的橄欖油。他給的好處讓人難以拒絕，但事實擺在眼前，柯里昂是個一等一的大壞蛋，讀者不可能認同這樣的人。但是普佐要讀者同情並且認同，他還真做到了。幾百萬人讀了他的書，更多的人看了這書改編的電影，他們同情並且認同柯里昂。

普佐是怎麼做到的？他很天才，他讓柯里昂這角色曾遭受不公平對待，而且擁有一個高貴的目標。

普佐在故事開始的時候，並不講柯里昂怎樣欺壓弱勢，那樣的話讀者會討厭他。恰恰相反，他一開始講一個辛苦幹活的殯葬業者，波納賽拉，站在美國法庭上「等待司法正義，讓殘暴侵犯他女兒的兩個人得到報應」。但是法官判這兩個年輕人緩刑，釋放了他們。普佐的敘述者告訴我們：

來美國這麼多年，波納賽拉一直信賴法律與秩序，生意也依法做了起來。而現在他滿懷怨恨，恨不得買槍把這兩個年輕人給斃了。他轉身面對仍然不瞭解怎會如此的老妻，向她解釋說：「他們根本沒把我們放在眼裡。」他沉默了一會兒，然後下定決心，不再擔心要付出怎樣的代價：「為了討回公道，我們只好跪著去見柯里昂大人。」

很顯然，讀者會同情要為女兒討回公道的波納賽拉。而既然他非得去找柯里昂才能伸張正義，我們的同情就轉移到柯里昂這個能主持公道的人身上。就這樣，普佐在讀者與柯里昂之間牽繫上正面情緒的紐帶，他創造出的情況是，柯里昂要為不幸的波納賽拉父女伸張正義，這目標是讀者可以認同的。

接下來，普佐加強讀者對柯里昂本人的認同。他安排一個外號「土耳其人」的傢伙，來向柯里昂接洽販賣毒品的事。柯里昂基於道德原則拒絕了，讀者於是更加認同柯里昂。普佐賦予柯里昂一種個人的道德標準，促使讀者拋棄原本對這黑社會頭子的厭惡，讀者於是不但不討厭他，反而充分同情，與他站在同一邊，為他的目標吶喊助威。

同理心

讀者雖然會同情一個深感寂寞的人，卻不見得會對他的寂寞感同身受。但是產生同理心之後，讀者會與這個人有相同的感覺。同理心是比同情心強烈得多的情緒。

妻子分娩的時候，有的丈夫也會發生陣痛，這是同理心的一個例子。做丈夫的不僅是同情，他的感受深刻到身體真的產生痛楚。

假設你去參加喪禮，你並不認識死者魏德比，他是你的朋友愛妮的哥哥。你的朋友很悲痛，而你是局外人，只是因為愛妮傷心，你也替她難過。

喪禮還沒開始，你陪愛妮到教堂庭園中走走，她邊走邊告訴你關於她哥哥的事。魏德比本來正在攻讀物理治療的學位，希望將來能幫助殘障兒童走路。他為人幽默，常在朋友聚會時模仿尼克森講話，學得唯妙唯肖。念大學時，有一次有個教授給了他六十分，他氣得把一個派丟在教授臉上。聽起來這傢伙挺有趣的。

隨著愛妮的講述，魏德比好像活生生就在眼前，你漸漸滋生比同情更深的感覺。你漸漸覺得這樣一個聰明、有創意、愛搞怪的人走了，是世界的損失。你開始對你的朋友產生同理心，感受到她的悲痛，這就是同理心的力量。

好，那小說作者要怎樣讓讀者產生同理心呢？

假設你在寫牙醫山姆的故事。山姆好賭，輸給一個幫會老大兩百萬元，這輩子毀了，他一家人都毀了。你要如何才能讓讀者對山姆感同身受？最有可能的情況是讀者覺得他的家人好可憐，而他本人根本該去死一死。

的確不容易，但你還是可以爭取。

方法是利用暗示的力量，使用觸動五官感知的文字、激發情緒的細節，向讀者暗示處在山姆的境地、承受那樣的苦是怎樣的感覺。換言之，你創造出故事的世界，讓讀者可以身歷其境：

一陣冷風吹下大街，潮溼的雪已經開始落下。山姆的腳趾在鞋子裡麻木了，飢餓的感覺又開始啃噬著他。鼻水流出，他用袖子抹掉，管不了好不好看了。

用訴諸感官與觸動情緒的細節，你把讀者帶進山姆的世界，體驗他的處境。你詳細描述環境中的感官細節——景象、聲音、痛苦、氣味等觸發讀者情緒的感覺：

第三天早上，山姆醒來，四下望望。房間四面白牆，窗上掛著白色的窗簾，一台大螢幕電視高高掛在牆上，床單聞起來挺乾淨的，床邊小几上放著花。他摸摸自己的身體。不太有感覺，因為並不冷也不痛，就連肚子，原本痛了很久的，現在也不痛……

這樣訴諸感官、能觸發情緒的細節，透過暗示的力量，會挑起讀者的情緒，產生同理心。

以下是史蒂芬．金在《魔女嘉莉》中，一段訴諸感官與觸動情緒的細節描述：

> 五月二十七日早晨，她（嘉莉）在房間裡首次穿上那件禮服。她還買了一件魔術胸罩穿在裡面，把她的胸部托高……。穿上這衣服，她有一種奇怪的、作夢的感覺，半是羞慚，半是頑抗的興奮。

注意看細節（胸罩、托高）與情緒（一種怪怪的、作夢的感覺，半是羞慚，半是頑抗的興奮）牽繫在一起。幾段以後，嘉莉古板的母親打開了房門：

> 她們互相注視。
>
> 下意識裡，嘉莉覺得她的背挺直了，終於直挺挺地站在從窗子透進來的那一塊早春的陽光裡。

背挺直，是頑抗的象徵，是強大的情緒；站在一片陽光裡，是訴諸感官的細節。兩者緊密連繫。

讀者因為嘉莉的母親指控她而感到同情，也認同她去參加舞會的目標；又因為作者用觸動情緒的感官細節創造出真實的感覺，讀者產生了同理心。

在《鐵血雄師》中，作者克蘭恩（Stephen Crane）努力引起讀者的同理心，使用的是同樣觸發情緒訴諸感官的細節。他形容：

一個灰濛濛的破曉，他被那高個子兵踢腿，還沒完全醒過來，就跟著弟兄們跑下一條林蔭道路，大家都因為快跑而喘著氣。他的水壺有韻律地碰撞大腿，糧袋輕柔震動，每跨一步，槍枝就從肩膀彈跳開去，令他的帽子在頭上戴不穩。……年輕人覺得那清晨的溼霧被大批軍人給衝散了。遠方忽然傳來一陣槍聲。

他不知所措，一邊跟著同袍跑，一邊費力想要思考。但是他只知道，如果他倒下，後面的人會踩在他身上跑過去。他似乎必須全神貫注，才能通過障礙。他覺得像是被一群暴徒抬著走。……年輕人覺得時候已到，他就要受到評量……

請注意，細節是透過他的感官來連繫：霧的溼、水壺碰碰打在大腿上、糧袋的震動、槍枝的彈跳、帽子在頭上戴不穩。克蘭恩利用微小的細節小心建構出戰爭的實景。當這年輕人覺得「像是被一群暴徒抬著走」，而且「就要受到評量」，讀者會同情他（會憐憫任何可能死於戰爭的人），認同他的目標（鼓起勇氣證明他是男子漢），而且對他產生同理心，因為作者透過觸動情緒的感官細節，把景況描寫得非常真實。

以下是取自《大白鯊》的一個例子：

> 布洛第坐在甲板上固定著的戰鬥椅上，努力保持清醒。他身上又熱又黏，坐著等了六個鐘頭，一直都沒有風。他的頸子後面已經曬傷得很厲害，頭一動，制服襯衫的領子就刮得皮痛。身上的體味蒸騰到臉上，與船上魚內臟和魚血的腐臭氣味攪和在一起，令他頭暈。他覺得被煮熟了。

讀這段文字時，讀者也被穩穩地安在那張戰鬥椅上，感覺到領子刮得脖子痛，陽光灼燙，頭暈想吐，跟布洛第一起處在很不舒服的靜候狀態，等待鯊魚。

卡夫卡也描寫K在類似的處境，等候審判：

一個冬天的早晨，窗外降著雪，天空霧濛灰暗，K坐在辦公室裡，一大早就累極了。為了讓他自己至少不要在屬下面前丟臉，他命令職員不要讓任何人進他辦公室，說是他有很重要的工作要做。但他非但沒忙工作，反而在椅子上歪來扭去，把辦公桌上的各種東西擺擺弄弄，然後，不知不覺地，伸直手臂安放在桌面上，低頭坐著一動也不動。

再一次，重要的是細節：霧濛灰暗的天、在椅子上歪來扭去、伸直手臂安放在桌面上等等。

同情、認同與同理心都會讓讀者與角色之間產生情緒連結。這時候，你就要帶領讀者進入你所創造的時空了。

最後一步：轉移讀者的時空

被順利轉移之後，讀者面臨到的情況就像是一腳跨進書中，真實的世界反而暫時消失無蹤。這是小說作者的目標：把讀者帶到小說的世界，完全被書中人所吸引。

在催眠術裡，這叫做「絕對狀態」。催眠師完全掌控，他要催眠對象學鴨叫，那人就馬上呱呱呱。小說作者把讀者引進絕對狀態時，讀者一會兒哭一會兒笑，感受著書中人物的痛苦，滿腦子書中人的想法，並且參與他的決定。

進入這種狀態的讀者，會深陷其中，你想要引他分神，往往必須搖晃他，才能引起他的注意。「嘿，查理！把書放下！吃晚飯了！喂！你聾了嗎？」

那麼你要怎樣讓讀者從同情、認同與同理心，進展到完全沉浸其中？答案是：內心掙扎。

內心掙扎是人物心中的風暴：懷疑、憂慮、內疚、悔恨、左右為難。讀者一旦對人物抱持同情心，認同並產生同理心，就容易與書中人物感受到同樣的悔恨與內疚，體驗到他們的懷疑與憂慮，而且最重要的是，對於人物不得不作的決定，產生自己的看法。

就是這個參與決定的過程，讓讀者完全沉浸在小說情境中。讀者感受到角色的內疚、懷疑、憂慮和悔恨，想要勸說角色應該這麼做而不要那麼做。以下是

《魔女嘉莉》中的一個例子，嘉莉正在等候舞伴來接她去舞會，不確定他到底會不會來：

她又張開眼睛。用折價券買來的黑森林咕咕鐘指著七點十分。

（他再過二十分鐘會來。）

會吧？

也許這只是一個精心設計的惡作劇，是打垮她的最後一擊，致命的笑話。讓她在這裡呆坐半個夜晚，穿著絲絨禮服，腰繫公主飾帶，蓬蓬袖與直長裙，左肩還別著玫瑰花……。嘉莉相信別人無法瞭解，要鼓起怎樣的勇氣，她才能委屈自己作這樣的妥協，讓自己面對這個夜晚可能帶來的不管什麼可怕事情。被人放鴿子不會是最糟糕的。事實上，她甚至偷偷想著說不定這樣最好——

（不行，不要這樣想。）

當然，留在家裡陪媽媽是比較好過的。比較安全。她知道「她們」對媽媽的看法。唉，也許媽媽是個宗教狂，是個怪人，但是至少媽媽的言行她心裡有數。……

請注意，當書中人正處在內心掙扎的關鍵時刻，她會被同樣大的力道向兩邊拉扯。嘉莉非常想去參加舞會，可是留在家裡安全多了。

卡夫卡安排K處在內心掙扎的關鍵點，有如下的描寫：

K停住腳，瞪著前方的地面。目前他仍是自由的，他可以繼續走，消失在前方不遠的那扇黑色小木門後面。那只是表示他沒有聽懂呼召，或是他聽懂了但是不理會。但是如果他回頭，就會被抓起來，因為那表示他聽懂了，他就是他們要找的人，而且他準備服從。……

這是一個小決定，但是可能會有重大後果。他該進入那扇門嗎？讀者同樣面臨兩難。

《鐵血雄師》的作者克蘭恩讓他的主角經歷內心的掙扎如下：

這場對大自然發動的進攻太平靜了。他有機會反省。他有時間想著他自己，探究內心的感覺。

荒謬的想法忽然湧上心頭。他想，他不喜歡周遭景物，覺得受到威脅。一陣寒氣掃過他的後背，說真的，這條褲子好像根本不適合他的腿。

靜立在遠方田野裡的一座房子，在他看來很不吉利。樹林的陰影太森嚴，他相信目光凌厲的房子主人一定埋伏在這林子裡。他心裡閃過的意念是，將軍們不知道他們的處境。這根本是一個陷阱。近處的樹林會突然冒出許多來福槍，鐵甲部隊會在後方出現，他們將全軍覆沒。將軍們搞不清狀況，敵人馬上會殲滅整個部隊。他凝目四顧，認為死亡正賊頭賊腦地靠近。

他想他得越級上報司令官。他們不能像豬似的待人宰割；如果不將危險情況報告長官，他們一定會遭到屠戮。將軍們命令他們直直走進這豬圈，簡直笨透了。整個軍團裡就只有他長了眼睛，他得站出去跟大家說。尖銳的、激昂的字眼已經到了他嘴邊……。這年輕人一邊四下張望，一邊捏住喉嚨不讓喊叫迸出來。他知道，雖然弟兄們嚇得走不穩，聽到他的警告也還是會當成笑話。他們會揶揄他，可以的話還會拿小石頭丟他。他承認自己有可能會錯，那麼發表這樣妄誕的言論就會被當成膽小鬼。

亨利處在內心掙扎的關鍵點上，簡直要被拉扯成兩半。恐懼壓倒了他，為了消除內心掙扎，他馬上就要陣前脫逃。

在《罪與罰》中，杜斯妥也夫斯基安排他筆下的男主角正在考慮殺人，處於強烈的內心爭扎之中：

拉斯柯尼柯夫慌亂退出。下樓梯時，他不時停步，彷彿情緒激動到無法克制。過了好長一段時間，他終於出到街上，暗自驚叫：「這多噁心哪！我能嗎？我真的能？——不行，太荒謬了，沒道理！這麼可怕的想法，怎麼會進入我的腦袋？我真的做得出這麼傷天害理的事嗎？太醜惡、太卑鄙、太噁心了！可是，一整個月——」

先前去老太婆家的路上就開始讓他不舒服的厭惡感，現在更為強烈，強烈到他很想找出方法來逃避這折磨……

杜斯妥也夫斯基是處理內心掙扎的大師。在這段裡，拉斯柯尼柯夫想到，解決貧困問題的方法是謀殺，但是他的良心像火山大爆發。杜斯妥也夫斯基了不起的是，他能夠幾乎從頭到尾維持人物的強烈內心掙扎，因而讓讀者完全沉浸在故事裡。

可以把內心掙扎想成人物內心有兩種「聲音」在交戰：一種是理性的，另一種是情緒的；或者是兩種互相衝突的情緒，其中之一像是主角，另一個像是反角。（安妮心裡想：等他回家我要殺了他，打扁他該死的腦袋！但是要是他心情很好呢？要是他唱著他寫給我的那首情歌呢？不管！他一進門就死定了！）這兩種聲音交織成上升的衝突，通常會到達高潮，主角作了決定，將要採取行動。處於內心掙扎的人物，你可以想成互相競爭的兩種選擇，兩種都很有吸引力，各有聲音為之爭辯。故事中人因而釘死在兩難之間，這正是你想要安排給他的處境。

要讓讀者留在作者創造的時空，深陷在虛構的夢境裡，你最好還能再增添些懸疑感。剛好，這也是下一章的主題，讓我們繼續。

2

製造懸疑，套牢觀眾

懸疑的定義

佛斯特哈里斯在《小說的基本公式》中說：「我們竭盡所能讓讀者動彈不得，把他們釘在書頁上，讓他們顫抖、無助，等著看接下來要發生的故事。」把讀者顫抖無助地釘在書頁上，正是小說作者的人生目標。而為了達到這個目標，小說家必須努力讓讀者對書中人物「既懸心又懷疑」。這「既懸心又懷疑」也就是說：讀者被懸疑給套牢了。

韋氏辭典如此定義「懸疑」：

懸疑：（名）① 未決定或未確定的狀態。

一本書裡有什麼東西未決定或未確定？當然不是作者，也不會是讀者。未決定或未確定的，是書中的「故事疑問」。

故事疑問是一種引起讀者好奇的設計，通常不會以問題的形式呈現，而比較像是需要更進一步解釋的聲明、待解的疑難、危機的預告等，諸如此類。

以下是幾個在故事一開頭就提出疑問的例子：

◆已經過了午夜，牧師忽然聽到有人大聲敲門。（問題：是誰這麼晚來敲門？為什麼？）

◆海莉見到喬治之後，心裡想的第一件事是：「父親絕對、絕對不會喜歡這個人。」（問題來了：喬治會不會喜歡海莉呢？她父親為什麼不喜歡喬治？喬治若與海莉的爸見了面會怎樣？海莉是真的喜歡喬治，還是她只是想要惹惱她爸？）

◆李納在聖誕夜首次見到他的新繼母。（問題：他們喜歡彼此嗎？）

◆亨利不信鬼。（問題：他的「不信」是否就要受到考驗？）

◆麗蒂亞的丈夫下午四點左右打電話回家，說要帶他上司來家裡共進晚餐，那時麗蒂亞正在修理他們那輛五六年別克汽車的汽閥。（問題：她怎麼來得及幫客人準備晚餐？）

◆老媽跟傑布說了，上墓石鎮去的時候，不要把手槍插在屁股後頭，可是傑布一向是天王老子的話也不聽。（問題：他帶槍進城會發生什麼危險？）

◆「啊！」珍妮驚呼：「你給我帶了禮物！」（問題：什麼禮物？）

提出故事疑問，是製造懸疑最簡單也最直接的方法。

然而，除非故事疑問夠嚴重，不但生死交關還持續增強增大，同時又愈說愈詳細，否則沒辦法持續吸引讀者。一般而言，我們稱出現在小說開頭的故事疑問叫「鉤子」（hook），它的作用就是「鉤住」讀者翻開下一頁。

鉤子通常是短程的故事疑問，隨著情節推進，解答隨之浮現。但鉤子也可以作為長程疑問，一直到結尾高潮處，答案才現身。還記得某些西部電影，英雄牛仔在一開頭就被託付重大任務，必須趕在日落前完成嗎？在這種情況下，觀眾只好陪著他一起騎馬跑完全片，才知道英雄究竟能否使命必達。

故事疑問有時候又稱之為「挑逗」（tease），用來抓住讀者注意力。挑逗成功者，能激起讀者的好奇，讓他們對故事產生興趣。但挑逗要有技巧，不然便會弄巧成拙。麥考利（Macauley）與蘭寧（Lanning）在《小說的技術》（Technique in Fiction）一書中警告說：「吸引注意力的法子很多，有些只是套梗，很快便與故事脫鉤，有些則是真誠的開場白，讓讀者迅速掉進故事之中。作者必須仔細分辨，善作選擇。……設計一個充滿趣味且張力十足的開頭沒那麼難，但是必須與隨後的故事息息相關才可以。」

換句話說，不可以欺騙讀者的感情。你開頭所提出的故事疑問，一定要跟書中人與他們的處境有關。

新手作家往往不懂得用故事疑問來起頭。以下幾個例子都是新手寫的開頭：

◆金潔臥房的牆上貼著條紋壁紙，一張書桌擺在窗前。（沒有故事疑問。）

◆大洋市的夜晚沒什麼好玩的，所以奧斯華決定早點上床，讀讀怎麼做紙飛機的書。（這跟故事疑問剛好相反，會弄得讀者不想讀下去，因為太無聊了。）

◆那輛老福特汽車的漆都斑駁了，馬毛座椅聞起來則像一雙運動鞋。（同樣沒有提出問題，只有描述。）

◆她的老師是個巫婆，所以對於暑假的來臨，馬姬感到很高興。（提出的問題是老師是巫婆，這問題自會解決，但沒有讓讀者好奇接下來會發生什麼事。）

◆溫暖的海風從窗戶吹進來，月亮像一枚金球，掛在聖塔克魯茲山脈的天邊。（聽來像是小說故事沒錯，可是鉤不住讀者。）

一個無聊的開頭殺傷力強大，即使故事本身很有意思，只要開頭幾頁沒挑起編輯和讀者的興趣，就沒有人會往下看。

以下段落引自一部已出版的小說，讓我們來瞧瞧作者如何帶出故事疑問：

在一八一五年十月初的某一天，日落前一小時，有個男人徒步走進D鎮。鎮上少數幾個正好站在自家窗前或門口的人，悉數對他投以不信任的目光。

這是雨果《悲慘世界》第二部的開頭。雨果在第一句就提出故事疑問：這人是誰？第二句又馬上修改故事疑問，讓這個男人帶著點陰影，因此增添了懸疑感。就在這短短兩行後，《悲慘世界》已激起讀者的好奇心。

大部分教導小說寫作的書都聲稱，短篇小說的作者得盡快把讀者鉤住，最好是在前三段之內，而長篇小說作家就有比較多的餘裕。這又是一條沒道理的偽規。其實無論長篇短篇，小說家都應該盡快提出故事疑問，比方說第一句或第二句話。

以下是幾個漂亮的例子：

◆新月形的尾鰭輕掃幾下，那條大魚便悄無聲息地通過夜晚的水域。（這當然是《大白鯊》。故事疑問來了：誰會成為鯊魚的下一頓午餐？）

◆一定有人誣告了約瑟夫·K，因為他沒有做任何不當的事，卻在一個晴朗的早晨被捕了。（這是《審判》。開頭這句便提出了各種各樣的故事疑問：他為何被捕？會把他怎樣？是誰密告他？為什麼？）

◆舉世公認，擁有大筆財產的單身男人，一定需要找個老婆。（《傲慢與偏見》。這個開頭提出了明顯的故事疑問：誰是這單身男人？誰又將成為那幸運的女孩？）

◆冷空氣流連不捨地通過地面，霧逐漸退去，露出散開在山丘上休息的士兵。當景物從褐色轉成綠色的時候，士兵們醒了，聽到謠言紛紛，開始興奮地顫抖。（《鐵血雄師》。問題是：謠言怎麼說？）

◆七月初的一個悶熱傍晚，有個年輕男人從勝諾巷一棟五層樓大宅裡出來。他在那兒有一間附家具的小房間。他緩緩轉向卡林橋方向，神色似乎拿不定主意。（《罪與罰》。作者在一個年輕人走上街道的描述中，加入「神色似乎拿不定主意」幾個字，就提出了故事疑問：什麼事他拿不定主意？當然，後來事態明朗，他拿不定主意的是要不要殺人。）

◆一九六六年八月十九日緬因州西面市《進取》週刊新聞：**據報導，天下石雨**……好幾個人親眼目睹，八月十七日，在錢伯倫鎮的卡林街上，朗朗藍天落下石雨。石頭主要落在懷特太太的住宅，屋頂嚴重損壞，兩條排水管和約值二十五元的一條下水管也毀了。（《魔女嘉莉》。這開頭提出了各種關於此奇聞異事的問題：怎麼會發生這種事？為什麼石頭主要落在那座房子上？諸如此類。）

◆郝思嘉並不美，但是男人很少發現這一點，而且總是被她迷住，塔家孿生兄弟就是如此。（這當然是《亂世佳人》。開頭這句明顯提出故事疑問：這雙胞胎兄弟被迷住的後果如何？他們會為她打架嗎？諸如此類。）

所以，在你的超棒小說開頭，請從第一句起，便照著大師的榜樣，用強大的故事疑問做鉤子，讓讀者無法停止閱讀。

韋氏辭典列出懸疑的第二個定義是：

懸疑：（名）② 處於不確定的狀態，例如在等待決定，通常帶有某種憂慮或不安。

在前一個定義裡，懸疑是一種好奇，作者提出故事疑問，讓讀者感到好奇。在這個定義裡，懸疑超過好奇，而讓讀者憂慮或不安。讓人憂慮或不安的懸疑，絕對比僅僅是好奇，要來得更吸引人太多。

那麼，小說作者要如何讓讀者陷入這種狀況呢？

且看下面的例子：

瑪麗十八個月大，是個愛追根究柢的小娃。她有一頭金得發亮的捲髮，藍色大眼睛，兩頰上有酒窩。她還在學走路，媽媽很得意她能自己站立了。

她會站在餐桌旁，手往上伸，把餐巾和餐具拉下來。她總是想知道她的手搆不到的「上頭」到底有什麼，彷彿她想要弄清楚這神祕的世界是怎麼回事。有一天媽媽在爐子上燒了一鍋熱水，電話響了，她走出廚房去接。瑪麗往上看，看到鍋子的褐色銅把手突出，就想知道是什麼。她爬到爐子邊，站起來，伸長了手去搆把手……

這裡的故事疑問是：一、小瑪麗會不會搆到把手，把鍋拉下爐子，而被熱水燙傷？二、媽媽會不會趕來阻止？但是作者的意圖不只是提出故事疑問而已，大多數讀者讀到這裡都開始擔心，希望悲劇不要發生。擔心，是比好奇更強烈的讀者反應。

要讓讀者憂慮不安，作者首先要塑造出讓人同情的角色，然後再安排這個角色一腳踩進危險狀況。當然，危險不一定是身體上的。請看下面這段：

小布魯德絲和佛來迪躲在穀倉後面，達成協議，她掀起裙子讓他看三十秒，他給她兩個禮拜的零用錢。瑪蒂姨婆剛好路過，親眼目睹這項悖德的交易，大為驚駭。

在這個例子裡，危險並不殘害身體，但依然危險，因為世人的非議往往比肢體損傷更令人發狂。在這種狀況下，讀者有理由預期壞事會發生在令人同情的角色身上。

這道理並不僅適用於故事的開頭而已。事實上，整個故事從頭到尾，作者都要讓讀者擔心壞事會發生在好人身上。

- 在《鐵血雄師》裡，壞事是亨利喪失勇氣，可能會死。
- 在《大白鯊》裡，壞事是大白鯊會吞吃讀者同情的人，並且讓布洛第生不如死。
- 在《魔女嘉莉》裡，壞事是學校裡那些討厭的男生想整嘉莉，更壞的是他們如果真的惹火了魔女，鎮上每個善良無辜的人都要倒大楣。
- 在《傲慢與偏見》裡，壞事是伊麗莎白與達西沒有談上戀愛，沒結成婚。（雖然他們看起來處得不好，讀者卻知道兩人是天生一對。）

◆在《罪與罰》裡，壞事不是拉斯柯尼柯夫想要殺人，而是他殺了人之後的悲慘後果。
◆在《審判》裡，壞事是K被逮捕。
◆在《亂世佳人》裡，壞事是北軍進犯。

令人同情的人物受到威脅，這就是懸疑。作者要做到這樣，令懸疑高掛讀者心頭，到底難不難？一點也不難。

假設你在辦公室上班，注意到每個同事都按照日常規律做事，多年下來，他們愈來愈無趣，簡直就像行屍走肉。你想到這可能很適合寫成小說，你開始寫，故事裡的每個人物都在社會機器中碾成齏粉。可是這樣寫好像不對勁：沒有懸疑，沒有邪惡，不足以引發讀者的不安與憂慮。好吧，你問自己，誰可能遭逢壞事？絕對不會是某個行屍走肉，得是個新來的人才行。一個不願被碾成齏粉的人，一個會反擊的人。

你也得想出是怎樣的壞事。辦公室主管不太容易陷害任何一個同事，所以你想不出還有誰。你想，如果換一個場景呢？假如地點不是辦公室而是精神病院呢?護理長鐵了心要折磨病人?那你就有了非常懸疑的狀況。事實上,凱西在《飛越杜鵑窩》裡就用這樣的背景,寫得極好,好看的原因是護理長具有邪惡的力量。

假設你有一個故事發想。一個富婆和她的男僕,她待他如糞土,他因為需要這份工作而忍氣吞聲。你想要呈現有錢人怎樣惡待窮人,可是懸疑在哪裡?壞事是什麼?把相關人物放到富婆的遊艇上,在地中海中間,船沉了,富婆和僕人設法游到了一個無人荒島。這下危難的狀況出現了,他們得要活下去。不好?你不想寫荒野求生的故事?

那,假如僕人受夠了,他決定化妝假扮他人,以平等身分去見富婆,結果兩人陷入愛河?真實身分若被發現,他們的愛情就毀了。也不喜歡這樣的故事?

那,要是這僕人發現有人想要謀害這富婆,他不動聲色,四處探查,拍下嫌疑人的照片?他發現警方打算把罪行栽贓在他身上,可是發現得太遲了。

好吧,你也不喜歡犯罪小說,沒關係。你想要講關於「真實人物」平靜生活的故事,你仍然可以找出壞事來寫。吉姆想要娶比莉,他求婚,她接受了。這裡你想要表現的是,人結婚往往是因為該結婚了,雖然對象不是很理想,湊合著過日子也就罷了。你捏造出一個小鎮，在美國中部的奧沙克山區，那裡的女孩十六歲就嫁人。你也許有重要的意見要呈現，比莉婚後的命運可能很坎坷，但是那些都要到故事後面才會出現，此刻製造不出多少懸疑，危險並非眼前可見。要讓危機立即出現，你必須「現在」就點出結婚會對比莉有害，不一定是身體受到傷害，可能只是說她的前途難料。比方說，比莉原本有機會去芝加哥學歌劇，一結婚她就失去了這個機會。這樣一來，婚姻就隱含著不幸（失去機會），而這情況就變得比較懸疑了。

庫恩茲（Dean Koontz）在《怎樣寫出暢銷小說》（How to Write Best-Selling Fiction）中說：「一百個新手作家中，有九十九個在書的一開頭都會犯同樣的錯誤，也是作者能犯的最嚴重錯誤，就是沒讓男主角或女主角一步踏進危機。」

讓烏雲籠罩你的主角，讓凶險在他背後窺伺。如果你的人物令人同情，他置身險地就會讓讀者憂慮不安。這時候，你就該點燃引信。

適時引爆花火

要製造懸疑，最好用的方法就是「點燃引信」。點燃引信的意思是說：大災大禍就要臨頭，通常時間已經確定，主角必須及時遏止災禍發生，而這個任務非常艱鉅。

在《寶林歷險記》這部電影中，女主角寶林不幸被壞蛋綁在鐵軌上，而十二點十分的那班火車從不誤點。男主角盡力克服一切困難，及時趕到救她脫險。

在《泰山》電影中，女主角珍不是緊抓著一根木頭，就是攀住翻覆的獨木舟，直向激流衝去。在印第安納．瓊斯系列電影中也有很多類似的狀況。

老電視影集《蝙蝠俠》專以點燃引信為能事，每週，激烈對決的雙方都面臨恐怖結局：不是被攪進麵糰中送進烤箱，就是被巨大吊斧的刀切成片片，或是吊掛在一大桶沸騰的酸液上頭，而繩索正要鬆脫。

製造點燃引信的狀況並不困難。以下是幾個例子：

◆麗莎被父母禁足，可是她偷跑出去跟男朋友看電影。父母會在午夜返家，所以她必須在那以前趕回來。問題是，在看完電影回家的路上，男友的車子故障了……

◆警長叫黑巴在日落前滾出鎮去，可是黑巴不肯走，還揚言誰想動手趕他，他就宰了誰……

◆森林火災朝向正在露營的布朗伯一家襲來，他們的汽車發動不了。他們得趕在被大火撲上之前跑出森林，然而風勢愈來愈強……

◆桃樂絲必須在二十四小時內，從討厭的阿爾巴尼亞吸血蜂那兒弄到一盎司的蜜，否則左剋星球的異形就要毀滅地球……

◆小瑪莉發高燒，可是屋外颳著暴風雪，老醫生亞當斯要是趕不過來……

驚悚小說作家深知點燃引信的效果。在福賽斯（Fredrick Forsyth）的小說《豺狼之日》（The Day of the Jackal）開頭不久，殺手豺狼便受僱謀刺法國總統戴高樂。引信點燃了，男主角必須及時阻止他。

在佛列特（Ken Follett）的小說《針之眼》（The Eye of the Needle）中，納粹壞蛋想要弄到發報機，用以傳送關於諾曼第登陸計畫的重要情報，非得趕快阻止他不可。

在高潮迭起的《冷戰諜魂》（The Spy Who Came in from the Cold）中，雷馬斯必須在限期之前翻過柏林圍牆，否則就會困在鐵幕之內。

並非只有政治驚悚小說家才會用這樣的技巧：

◆在《大白鯊》裡，要是不趕快殺死食人鯊，海灘就得關閉，小鎮的觀光業就毀了，小鎮居民就要過苦日子了。

◆在《鐵血雄師》裡，亨利逃跑之後發現，因為部隊潰散，他只要趕快歸隊，就沒人會知道他曾經陣前逃亡。

◆在《亂世佳人》裡，南軍要撤守亞特蘭大了，可惡的北佬要放火燒城，郝思嘉得要趕快離城，可是媚蘭正要分娩，她得先接生寶寶，因為醫生已經跑了。

◆在《魔女嘉莉》裡，嘉莉獲選為舞會皇后，正要加冕，一夥不良少年卻準備在這個時候往可憐的嘉莉身上潑豬血。引信點燃了。

◆在《傲慢與偏見》裡，莉蒂雅跟韋漢私奔了，家人慌亂成一團，想要趕快找到他們，不然她就要被這無賴給毀了。

所以，所謂懸疑，便是先提出故事疑問，讓令人同情的人物陷入險惡的情況，然後點燃引信。目的就是要讓讀者擔心，想知道下文。讀者為誰擔心？當然是書中人物。想要寫出超棒小說，你得創造出超棒人物，這就是接下來第三章我們要討論的。

3

創造難忘人物

軟趴趴的角色沒人想讀

文學經紀人會告訴你，有一種故事他們絕對不想看，就算文字再怎麼優美，時空設定再怎麼奇幻都不行。在出版界幹了一輩子的老編輯，看到這種作品也退避三尺，教導創作的老師看到有學生寫了這種故事，常想奪門而逃……這麼可怕的怪物是啥？

它就是「窩囊廢家庭主婦」的故事。

這類故事往往起頭如下：一個軟弱無用的家庭主婦，什麼專長都沒有，天真無知，嗯，是的，大概還有點白癡。她當然有個冷酷粗暴而且愛拈花惹草的丈夫，最擅長把她狠狠踩在腳底下。

這個沒用的女人不會去想任何辦法來解決她的困境，因此故事進行了四五萬字了，她還在忍氣吞聲。直到某一天，有個鄰居、朋友或心理醫生丟來一句話：要奮起，別這麼半死不活的。然後忽然間，這位女士小宇宙爆發了！但她非但沒用這莫名其妙的爆發力去面對問題，反而逃走，去「追尋自我」。最終結果常是她愛上一個有婦之夫，在某個有點風光的行業找到工作，例如廣告界、新聞界、高檔房地產仲介業或藝術界。靠著這句「奮起」，她學會自食其力，並且認清，是啊，她也有做人的尊嚴。最後她爬上事業高峰，嫁給了如意郎君。

這種故事有另一個版本，叫做沒用的宅男，這是男版的窩囊廢家庭主婦。什麼都做不好，天真無知，嗯，是的，可能也有點白癡。他那冷酷粗暴而且愛吃女同事豆腐的上司，沒錯，把他踩在腳底下。這宅男也沒去想任何辦法來解決困境，所以故事寫了四五萬字了，他也還在忍氣吞聲，直到某一天……

你知道意思了。

窩囊廢家庭主婦／宅男的故事哪裡出了問題？這種故事就是連它的潛在讀者——渴望自由的窩囊廢家庭主婦與宅男——也不會想看。為什麼？因為沒有辦法同情一個這麼沒用、光會自怨自艾的人物。皮頗士（Edwin A. Peeples）在所著《專業故事作者手冊》（A Professional Storywriter's Handbook）中，形容這種人「可悲」，他說我們瞧不起「什麼都不做、忍氣吞聲的人物，即使他們在受苦中很能自我解嘲」。

窩囊廢家庭主婦／宅男的故事沒人愛看，因為無用的主角不值得看。雖然後來主角「找到自己」，可是已經太晚，讀者早已厭倦了。

故事剛開始的時候主角是個窩囊廢沒有關係，描寫一個家庭主婦或是宅男的小說也沒有問題。有一部極受歡迎的小說、劇本及電影講的就是一個沒用主婦的故事，叫做《雪莉・華倫坦》（Shirley Valentine，有譯為《第二春》）。這女人為什麼有趣呢？因為她非常幽默，處境雖差，卻有深刻的體會反省，而且她反抗——逃到一個希臘小島去，談了一場戀愛。

所以，問題不在主角窩囊不窩囊，而在於他或她是否像便祕一樣卡著不動。便祕型的人物絕對要避免，創造出多少窩囊廢人物都隨你高興，只要他們發展成斬妖俠或屠龍客就行。但是若不採取行動，不面對衝突，他們是不會成長的。始終沒用、始終便祕的話，你的超棒小說就用不上他們。

要寫出超棒小說，你的主要人物，包括窩囊廢在內，都要發展出蓬勃生氣。

生氣蓬勃的人會向前衝，就是說，像雪莉・華倫坦這樣的人，心裡有非常非常渴望的東西。這強烈的渴望，就是內心的動力，會點燃人物的活力，推動他向前行。

便祕型的窩囊廢只表現出一個層次：長期忍氣吞聲。生氣蓬勃的人即使暫時窩囊，心底也有各種情緒和欲望，例如野心與愛、恐懼與愛國、信仰與情慾等等，在他心中此消彼長、互相衝撞。內心的情緒之火熊熊燃燒，幾股力量把活力充沛的人物向各方拉扯。活躍的人物解決內心掙扎的方法是起而行，然後這又引發故事中更多的衝突和更多的內心煎熬。

值得認識的人

埃格里在《創意寫作的藝術》（The Art of Creative Writing）一書中自問自答：「作者要努力達成的目標是什麼？」他的答案是：「塑造人物。寫出傳世巨著的祕訣與魔法，從來都是塑造出活潑潑、熱火火的人物。」

熱火火、活潑潑的人，當然是值得認識的人。克雷敦（Hamilton Clayton）在《小說的藝術》（The Art of Fiction）一書中說：「按理說，小說家要為他創造的人物負起社會責任。如果小說家介紹給讀者沒意思、不值得認識的虛構人物，他就犯了思慮不周的罪。」

什麼樣的人值得深交？皮頗士在《專業故事作者手冊》中說：「必須和真

實的人一樣獨特，必須像真人那樣有時言行不一、自我矛盾。……矛盾凸顯性格。」因為有矛盾，才會有全面的、完整的、立體的人物；因為有矛盾，原本只是還不錯的人物變成了很棒的人物，值得讀者深入認識。

什麼是很棒的人物？假設你在真實世界的雞尾酒會上遇見一群有趣的傢伙，會後你想跟所有其他朋友討論，那他們就是很棒的人物。同理，很棒的虛構人物也一樣：他們有趣，而你產生了興趣。

好，所以到底是什麼因素讓人物有趣呢？

有的人有趣是因為他們旅行過很多地方，比方說去過印度，或跟著和平工作團去過莫三比克，或是隨著國家地理雜誌出任務去過南極。

對於人生有深度思考，或者有強烈而特殊意見的人，也讓人感興趣。也許他們自稱在便利商店裡遇過貓王，也許他們主張立法禁酒，也許他們去阿爾及利亞搭過熱氣球，或者曾經在共產黨統治的東德，朝馬克斯塑像丟雪球而被捕。有趣的人去過各種地方，做過各種事情，有多采多姿的經驗。他們追求心靈成長，嘗試解開生命之謎；換言之，他們活出自我。

在《超棒小說這樣寫》中，我大力鼓吹作者先為筆下所有重要人物立傳，因為這對寫小說極有幫助。寫下傳記，你比較能讓這些人物鮮活而且複雜，但除此之外，你應該把這些傳記寫成本身就很有趣的故事。想想看，如果你筆下的虛構人物，真實存在於我們的這個世界裡，絕對應該會有出版社想要替他們出傳記，而且那本傳記應該也會很好看吧！

你會說，好吧，以上理論都說得好說得妙，但你從來沒去過印度，沒坐在大宗師腳下聽經；沒打過馬球，也沒在世界首富的大城堡裡享用過晚餐。你沒體驗過的事，要如何寫出來？

很容易。圖書館裡多的是別人的親身經歷描述，你想得出來的，別人都做過。你要寫關於一個拳擊手或芭蕾舞者或獵鯊人，就去圖書館找一些傳記出來看。找到的資料會超出你的意料。

比方說，如果你要寫的人物之一是個妓女。每間像樣點的圖書館都會有十到十五本妓女寫的真實故事。同理，修女、聖者、賽馬師、潛水艇艦長也都在書架上等你來讀。

如果你要寫會計師，那更簡單，電話簿上多得是，打電話給其中一兩位，自我介紹一下，請他們吃午餐，出書時把他們列入你的感謝名單。問他們工作上遇到怎樣的困難，得到怎樣的樂趣，是怎麼入行的，對未來的期望是什麼。有沒有抓到做假帳的，若抓到，怎麼辦？他們對國稅局的看法怎樣？

深入刺探，問些不好回答的問題：會計師開大會時到底是怎樣的情況？指客戶的油，可以揩到什麼程度而絕對不會被看破手腳？可不可能賄賂國稅局的稽查人員？

講到這裡，你懂了，基本上就是要摸清筆下人物在真實生活之中的小細節。聆聽他們說話，你會看出他們的工作態度和交談模式，把這些細節寫進你的小說，會讓敘事看起來非常真實。溫鮑（Joseph Wambaugh）就是這麼做，他雖然當過快二十年的警察，還是繼續跟警察混在一起，就怕忘了警察是怎麼說話、怎麼辦事的。雷納德（Elmore Leonard）說他也是這樣；譚恩美（Amy Tan）熟知移民美國的華人景況，因此她寫他們的故事極為深刻。溫鮑、雷納德和譚恩美都利用他們熟稔的知識，寫出超棒小說。

認識你要寫的那類人物，對你的寫作會很有幫助。

出色當行

讀者愛看在其本行內能力卓越的人物。亞里斯多德在《詩學》中稱之為「精悍」，換言之，他們內行。

辦案能力超乎尋常的偵探，比不怎麼樣的偵探要有趣多了（除非是你要拿他的笨拙當笑點）。牛仔英雄一定要拔槍快，繩圈拋得準，擅長尋蹤覓跡或有別的本事。荷馬在寫《奧德賽》的時候很明白這點：尤利西斯不僅膽大妄為，他也是偉大的航海家兼百發百中的弓箭手。你創造出來的人物如果出色當行，讀者比較容易認同他們。

◆在本奇利的小說《大白鯊》中，布洛第是極為優秀的警長，胡波是極為優秀的海洋生物學家，坤特是極為優秀的獵鯊人，而大白鯊這個角色呢？唔，你得承認，牠在攻擊人類這方面優秀到了極點。

◆在史蒂芬·金的小說《魔女嘉莉》裡，嘉莉的媽媽在宗教狂這方面稱得上鶴立雞群；把嘉莉拱出來當舞會皇后跟年度大笑話的不良少年們，就設計戲耍女生的本領這方面，也可以說是鶴立雞群；至於嘉莉所具備的特異功能，那當然就比鶴立雞群更突出了。

◆在密契爾的小說《亂世佳人》裡，女主角郝思嘉是手段高明的南方佳麗——她知道怎麼調情奉承，怎麼引人注意，如何讓男人為她爭風吃醋；而男主角白瑞德則是手段高明的軍火走私販子。

出色的人物往往帶點瘋狂，有些則突破正常人的極限，根本就是個神經病。可是讀者覺得神經兮兮、言行誇張的人物有意思。這些人愛誇大、愛炫耀、奇特多變、光彩眩目卻又自相矛盾。想想文學作品中的出色人物，你會想到誰？《白鯨記》裡的亞哈就是奇特多變，接近神經病的邊緣；希臘左巴（Zorba the Greek）是文學史上最瘋癲的人物之一。有人說，現代小說的始祖是《唐吉訶德》，這部小說裡的主角跑去跟風車鬥劍。又有人說，英文小說起始於《茉莉·法蘭德絲》，這部的女主角是個扒手兼浪女蕩婦，腦子也不太正常。托爾斯泰《戰爭與和平》的主角之一，貝祖柯夫，晃蕩到戰場去尋找哲學的真理，這絕對超過了正常人的思考範圍吧。

在偵探小說裡，白羅（Hercule Poirot）戴著髮網睡覺，用髮油把他的山羊鬍子抹到賊亮，還顧盼自得。神探吳爾夫（Nero Wolfe）則在家養蘭花，從不出門。福爾摩斯怎麼樣？他整夜拉小提琴，給自己注射嗎啡，你不覺得這些大偵探一個比一個有病嗎？

塑造神經兮兮的人物很有意思，其中一個方法是扣準一種特質，加以誇大。比方說，嗜漢堡如命的人，或痛恨蛇、甲蟲、鯊魚的人；愛骨董車如狂的人，愛用電子裝備竊聽的人，逢人便要檢視對方舌頭的人，一定要給貓穿衣服的人。任何方面的極端行為都可以。

另一種方法是讓人物抱持稍有偏頗的人生觀。希臘左巴相信活著就要任性地活，後果管他去呢。有人問他上次是在哪裡工作，他回答：

在礦坑，我是很好的礦工。我對金屬有些知識，知道如何尋找礦脈，以及如何打通坑道。下坑去的時候我不怕，我做得很好。我是工頭，對生活沒有什麼不滿意的。但是忽然鬼迷心竅，上週六晚上，老闆剛好來視察，我沒來由地就抓住他，痛揍一頓……

人問他老闆哪點對不起他了，他回答：

對我？沒怎樣，真的！那是我第一次見到他。那可憐的傢伙還請大家抽菸呢。

這就是一個古怪得有趣的人物。

不要怕你的人物神經兮兮，不管你寫的是哪種小說，即使是最嚴肅的也無妨。莎士比亞在他最嚴肅的歷史劇《亨利四世》第一部和第二部中，塑造了極為有趣的神經質人物法斯塔夫，懦弱又好酒，在舞台上大肆宣傳他的歪論。福克納（Faulkner）的小說《我彌留之際》（As I Lay Dying）中，瓦達曼·邦德倫是個神經病，他不斷對自己說「我媽是一條魚」，因為就跟他養的魚一樣，她剛剛死了。還有愛蜜莉·伯朗特的巨著《咆哮山莊》中那個惡毒的老僕人約瑟夫又如何呢？他咒罵每一個人，警告大禍即將臨頭，這不是神經病嗎？

古怪的人物不僅為你的故事增色，也和你的嚴肅角色形成對比，換言之，他們是襯托，是綠葉。襯托是一種文學手法，強調某個人的某種特質，來對照別人完全相反的特質。例如，在《傲慢與偏見》裡，追求伊麗莎白的達西先生個性嚴肅，而追求伊麗莎白其妹莉蒂雅的韋漢，則剛好相反，是個油嘴滑舌的騙子；在《大白鯊》裡，個性嚴肅的海洋生物學家胡波，與神經兮兮的獵鯊人坤特形成尖銳對比；在《魔女嘉莉》裡，嘉莉的媽神經得要命，剛好與認真誠懇、脆弱害羞的嘉莉形成對比。

皮頗士在《專業故事作者手冊》中提到，卓別林用滑稽的表演方式對照悲劇情節，「達到極致的精妙，因為〔卓別林所飾演的小混混〕出現在悲傷的場景中，令人捧腹的幽默襯托著悲傷的背景，這使得悲傷更難以承受……。他在簡短的片段中製造激烈的對比，這樣的對比令我們記憶深刻。」

當然，塑造古怪的人物是有風險的，因為可能有反效果，弄不好會顯得假，顯得冷漠，甚至愚蠢。很難判定你的調味料放得是太多還是太少，這檔子事很難拿捏。

不過小說家跟賽車手一樣，幹的都是高風險行業。

人物與環境對比

人物不僅應互相對比，也應該與環境對比，比方說，鄉下人進城，交際花入獄。馬克吐溫的《康州北佬在亞瑟王宮廷》也是一例；吉卜齡（Rudyard Kipling）的《勇敢船長》中，被寵壞了的富家小子上了漁船；凱西的《飛越杜鵑窩》裡，街頭龐克族馬克莫非被關進精神病院；還有鮑姆的《綠野仙蹤》裡，平凡的堪薩斯州農場女孩捲入了魔幻世界。

◆在《大白鯊》裡，警長布洛第從不靠近水，根本不會游泳。想想看把這樣一個人載上船，去獵殺體型大得像活動房屋的食人大白鯊。

◆在《鐵血雄師》裡，主角亨利本是膽怯的老百姓，入伍當了小兵，不由自主地陷入美國內戰。

◆《亂世佳人》裡的郝思嘉是南方大小姐，嬌生慣養。想想看把這樣一個人放在受過戰火蹂躪的田埂上，她得挖掘馬鈴薯維生。

◆在《審判》中，主角K是追求理性的人，在不講理的「律法」世界裡，人毫無理由就被起訴，想想看對他有多難接受。

◆在《罪與罰》中，拉斯柯尼柯夫是知識分子，卻被丟進俄羅斯監獄，跟職業殺手和小偷關在一起。

◆在《魔女嘉莉》中，出身平凡的嘉莉受邀參加舞會，邀請她的男孩是學校裡的權貴子弟，那是她完全陌生的世界。

要讓你的人物焦慮難安，一頭栽進困境，就得把他們放在完全陌生的環境，讓他們不得不擔驚受怕，奮力面對。

執念

所謂執念，在《超棒小說這樣寫》中給出的定義是：角色行為的核心驅使力，牢牢盤踞在一個人心內，令他時時刻刻想有所行動的力量。

作者依據執念來界定人物，用一句話就把這人物描繪出來。一個人的執念也許是犯下毫無破綻的罪案，也許是成為偉大的傳教士，或扒手，或藝術品偽造專家。也可以是不那麼明確的目標，例如要當一個好丈夫，或是窩在沙發上啥事也不做，只求沒人打擾。不管是什麼，當人物遭遇困境時會怎麼做，就看他或她的執念是什麼，故事依此發展。

舉個例子，假如有個叫做小皮的人，他的執念是當上偉大的棒球投手。故事開始時，小皮到處去應徵球隊，每天花好幾小時練習投變化球等等。

假如在第二章，小皮的哥哥從密爾瓦基來看他，卻在小皮住宿的旅館房間裡被槍殺，而且臨死在牆上寫下：「為什麼，小皮？」警方於是認為小皮是兇手。

小皮想當偉大投手的執念，在這個故事裡不是主要的推動因素。從他哥哥被殺開始，小皮時時刻刻都在努力證明自己的無辜，並且要找到真正的兇手。他的執念因此改變，與他的生活關係更加重大，他也隨之成長。

所以，以小皮為例，他的人生原本已經有一個執念，在故事裡卻因特殊情況而出現另一個執念。這等於說，他有一個潛伏的執念和一個現行的執念。作者可以仍然根據潛伏的執念來描述這人，但是在被控謀殺之後，他的行事動機已經改變。從頭至尾，人物必須至少有一種執念，絕不可像沒有引擎的汽車，任憑外力推移。

好，回頭來講我們的故事。假設在第五章，證明自己無辜成了小皮的新執念，在這執念推動下，他去了加州，住在一棟老舊公寓大樓裡面，沒想到發生地震。此刻，小皮不得不暫時拋開證明自己無辜這個執念，滿腦子只想著一件事：不要被磚石砸死。

換言之，在某一場景中推動他的力量也許不是他原本的執念，但是危機過去以後，他會回到原來的執念。所以，人物的執念不一定連貫；在故事發展中可能改變，也可能變回來。在很多偉大作品中，正是因為從一種執念改變到另一種，人物不得不作重大決定，讀者則因此更加支持這個人。

- 在《罪與罰》中，拉斯柯尼柯夫原本的執念是脫離貧窮，可是犯下殺人罪之後，他的執念變成尋求心靈救贖。
- 在《鐵血雄師》中，亨利的執念是好好當兵，可是槍戰一開始，他的執念變成趕快逃離戰場。到後來他的執念又改變了，只想為自己贖罪。
- 嘉莉的執念就是成為一個跟別人一樣的普通女孩，參加舞會是這執念的象徵。可是就在她被加冕為舞會皇后，壞男孩和壞女孩們往她身上倒豬血後，她的執念立即轉變為利用她的心靈感應能力，發動報復。

- 郝思嘉起初的執念是嫁給艾希禮，可是當她的田莊被毀後，她的執念轉變為重建家園。
- 伊麗莎白的執念是對家庭的忠誠，達西先生雖然有錢有勢，但是他瞧不起她的家人，因此她寧可拒絕高帥富的求婚。可是當伊麗莎白一旦知道達西先生挽救了她的妹妹，她的心態整個改變了，這時候她的執念變成嫁給他。

雖然執念可以隨劇情更動，但別太常改變角色的執念，否則，本來超棒的、動機連貫、劇情堆砌至高潮的作品，可能會變成怪事此起彼落的獵奇小說。

在故事結尾，核心衝突解決之後，人物可以回到他原本的執念，但是因為中間發生許多改變，他有了大幅度的成長，往往不回去了。比方說小皮，在故事末了時，他可能發現他真正想要的是當偵探。一來，他親身參與了關乎生死的偵探過程，對於棒球這種像小孩子玩家家酒的遊戲興趣缺缺；二來，他也終於肯承認，他手臂的力道太鳥，別說大聯盟，連高中聯賽都投不進去。

如果這人物決定回到原本的執念，多半他也會因為故事中的經歷，而對自己的執念有了更深一層的看法或理解。這層領悟除了對他個人意義重大，同時也替你的整個故事，增添深度。

雙重人格

文學作品中有一些最讓人難忘的人物具備雙重性格，也就是一個身體裡有兩個截然不同的人格。

最有名的大概就是《化身博士》（Jekyll and Hyde）。

雙重性格的人物，是作者打從一開始就構思出來的。

瑪麗・雪萊（Mary Shelley）的科學怪人就是這樣，既是殺人不眨眼的兇手，又是愛討論哲理的溫和巨人；《金銀島》中的獨腳海盜席爾佛既是冷血海盜，又是充滿愛心的父親角色；達西的姑母凱瑟琳夫人表面上是高傲的社交貴婦，內心裡卻極為浪漫；嘉莉當然也是雙重人格，一方面是笨拙的少女，渴望受人喜愛，一方面卻擁有嚇人的超能力，介於人神之間。

怎樣塑造出這樣的人物？可以想成是一個人的不同自我狀態。心理學上的「交互分析」（transactional analysis）理論現在很多人知道，因為心理學家伯恩（Eric Berne）寫了一本《人間遊戲》（Games People Play），流傳甚廣。根據這個理論，自我有三種不同的狀態並存：父輩自我、成年自我與兒童自我。

處於父輩自我狀態時，我們說話像這樣：「繫好安全帶。」處於成年自我狀態時，我們通情達理，深思又明智，會說這樣的話：「我開出一張單子，列舉搭建新陽台的理由。我覺得我們該添個陽台，投資一萬兩千八百元，可以為我們的房子增加一萬五千元的價值。」而處於兒童自我狀態時，在公路上想要超車，別人卻不給我們超車空間，我們會說：「擋我的路！我要給他點教訓！」

塑造一個兩面角色時，想像一下自我狀態如果擴充起來，不再只是反映不同的態度，而是演變成完全不同的人格。在一種自我狀態下會說的話、會做的事，在另一種自我狀態下是絕對不會說、不會做的。

舉個例子：

假設你創造了一個人物，在第二次世界大戰期間擔任陸軍少校，指揮裝甲兵部隊表現優異，戰場歷練豐富，擅長攻防戰術，勇敢無畏，果斷冷靜，對待部下毫不留情，賞罰分明嚴守紀律。

我們稱他勞斯敦少校吧。他面容嚴肅，叼著一根雪茄，矮小而肩膀寬闊，由於常練舉重，極為強壯。骯髒的迷彩軍服底下看得出是一個頑固的人，腰掛兩把點四五口徑的自動手槍，還經常攜帶一條銀尖馬鞭。

他出身軍人家庭，父親在第一次世界大戰時隸屬於潘興將軍麾下。他還不會走路，父母就教誨他說，為人在世，最高的職責就是保衛國家。他的執念是成為全軍獨一無二、最好的裝甲指揮官。如果說他有缺點，那就是他督促屬下太嚴、耗損坦克太兇、逼迫自己太甚。他殺死很多德軍、消耗許多炮彈……，部下作戰過勞的人數也空前的多。

他的部屬稱他為「火爆勞斯敦」，他在各方面都火爆激烈。我們可以把他塑造成很有趣的人物，他的故事會很值得講，但是如果他具備雙重人格，他會成為令人難忘的人物。

假設說，火爆勞斯敦幼小時喜歡畫畫，可是他滿腦子軍事思維的父母認為畫畫是雕蟲小技，不足為道。他們誘導他、取笑他，想盡辦法阻止他往這方面發展，他卻不肯停止，心想，他可以利用擠出來的時間偷偷作畫，做個祕密畫家。在大學裡，他常常造訪附近的藝術家街區，跟藝術家結交，但從不跟軍中朋友或家人提起。跟藝術家們相處時，他是處於藝術家狀態，通常嚴肅的臉孔鬆弛下來，嚴厲的目光消失，表情深思、沉靜。

四十歲時，他以少校軍階，對抗納粹，這時他已經習慣於分別維持兩種性格。其中之一想要成為最偉大的將軍，另一個想要用油彩在帆布上畫出偉大的作品。他的一面剛強如鐵，另一面柔軟如棉，兩者並存於同一副軀殼之內。處於軍人的自我狀態時，他認為父母對他的強力指導是好事；然而處於藝術家的自我狀態時，他很不滿父母的態度。

如果我們安排他受到考驗，逼他顯露到底哪一個面目才是真正的他，火爆勞斯敦可能會表現非凡。比方說，為了推進攻勢，他必須駕駛坦克衝破教堂的一面牆，而他知道這面牆上繪有文藝復興時代的重要壁畫。他的兩個自我彼此交戰。這樣一個人物很值得認識。

女性也可以成為很好的雙面人物。舉個例子，假設有一位社交名媛叫做席爾妲，住在舊金山諾丘區。她養了一條北京狗，狗狗戴著水晶項圈，成日坐在她膝上。出生豪富的席爾妲，從小受到的教導是要精明操作資產，不斷增加財富，透過股票交易員，她做到了。

勢利到骨子裡的她，鼻孔四十五度角朝天。她喜歡看戲、看芭蕾，閱讀建築文摘；愛打橋牌，兩度成為冠軍隊員，在世界邀請賽中名列第二及第三。她憎惡混亂，有潔癖。在舊金山，沒有接到席爾妲的週日晚會邀請，你就算不得名流。她三十七歲，已經嫁過四次，每任前夫都比她老很多，每任都讓她的存款數字繼續增多。

現在要談到她的雙重人格了。

席爾妲喜歡惡作劇，忍不住就想要捉弄別人。雖然她本人是勢利眼的名媛，卻最喜歡拿其他勢利名媛開玩笑。她知道自己的雙重性格互相矛盾，但天生如此，有時候玩太爽自己也沒法控制。

大部分時間她很勢利，可是有時候一眨眼，另一個自我不自覺顯露。

席爾妲可以成為故事裡非常有趣的人物。要是她嫁給了一位總統候選人會如何？英國國王？這可以發展出絕妙的情節。

來寫一個比較嚴肅的人物怎麼樣？姑且給她取名叫艾薇吧，她年輕的時候是個好媽媽，秉性溫和，勤勞持家，愛護子女，照顧丈夫。丈夫狄龍是生意人，水電材料的批發大王。艾薇知道自己是老派人，她從小受到的教導就是女人要相夫教子什麼的。

然後有一天狄龍忽然心臟病發倒下，艾薇被迫接管水電材料生意，不然公司就要垮了。她扛下擔子，挽救了公司，在過程中，她轉變成冷靜堅強的女商人。

在這小說開頭時，她在公司裡大刀闊斧聘人踹人，對外談判對內整頓，把公司擴充成全世界最大的水電材料供應商。但是在家裡，她仍然是一個好媽媽，喜歡烘烤新鮮麵包和織毛衣。她是擁有雙重性格的女人。

四十七歲那年，問題來了。女兒產女，她去醫院探望，認識了馬洛醫生，對方很快受到她溫柔個性的吸引，愛苗滋長。但他不知道艾薇的另一面個性，一旦得知，他能接受嗎？

會發生怎樣的變化，令人好奇。

再舉一個例子：

假設有一位溫文儒雅的記者，在某大城市的報社工作。他害羞膽小，戴著眼鏡，看起來像個懦夫。可是他有第二天性：他剛強如鐵，把內褲當外褲穿，能飛得比子彈還快，一躍就能跳上高樓……（譯註：電影《超人》男主角。）

還記得電視影集《功夫》嗎？裡面的男主角凱恩，就是雙面人。舉止溫和，鞠躬哈腰的，愛吹笛子，可是一旦被惹毛，他就變成一頭猛虎。還有電影《三面夏娃》，一個身體裡有三種人格。《教父》裡的柯里昂，既是慈祥關愛的父親，又是冷酷兇殘的幫會老大。

你明白了。

要讓你的人物值得認識，得給他奇特的背景，讓他有獨特的想法和洞察力，甚至於可以因此神經兮兮。你要讓他跟其他人以及周遭環境形成強烈對比，也可以讓他具備雙重人格。

放膽讓你的人物特立獨行，與眾不同。

此外，如果你的人物必須在小說發展中有所改變，你就得運用更精良的前提技術，而這一點，你大概猜到了，正是第四章的主題。

4

「前提」到底是什麼？

玫瑰就是玫瑰，叫別的名字也不會變成香蕉

倘若人類沒先發明鑿子，就不會蓋出埃及偉大的金字塔。鑿子是個再簡單不過的工具，就一塊銅，其中一端打扁磨尖。但，就憑藉這不起眼的工具，任何巨大建築才有了起造的可能性，不然直到今天，金字塔也只是一堆大石頭罷了。

前提，就是小說作者的鑿子。有了這簡單工具，你才能將小說材料打鑿成形，變成巨大建築——一本超棒小說。

在小說寫作這檔子事上，再沒有比前提更重要的觀念了。當你構思故事的時候，只要心裡有一個好前提，小說就會目標清晰、情節緊湊，從頭到尾抓牢讀者的注意力，讓他愛不釋手。

我在《超棒小說這樣寫》書中解釋過，前提是在說明「由於故事中的核心衝突，書中人物變成怎樣」。這個「核心衝突」就是故事中的「行動」。換言之，前提就是說明：由於故事中各人採取的行動，書中人物變成怎樣。如此而已，很簡單吧？可是當你一旦釐清前提，就能像變魔術一般，把小說材料打造成形，有

如石匠用鑿子把石塊鑿成需要的形狀。

新手作家往往難以理解前提是怎麼回事。也許因為「前提」一詞聽起來像是數學或邏輯學用語，好像是天才在黑板上寫長串艱澀符號用的。如果我們不用這詞，換成「故事聲明」，或「故事梗概」，會不會好懂些？不然就稱它「作者的香蕉」也行。可是不幸，這樣一來只會更混淆視聽；專有名詞已經夠多，就別再添加了吧。

當年我在學寫作的時候，我的恩師郭恩（Lester Gorn）每次都問我，我寫的故事前提是什麼，而我總是嚅嚅囁囁，講出一些諸如「不可撒謊」、「人生不免一死」，或是「不可信任陌生人」之類的。他就會脹紅了臉，說我沒有掌握自己寫的東西，然後告訴我這篇故事的前提其實是什麼。可是就算知道了前提，我也無法運用前提，因為我不曉得該怎麼用。

現在我自己教學生寫作，在課堂上一談到「前提」，我就看到很多學生兩眼迷茫。他們是創作人呀，幹嘛要學什麼故事的掌控原則呢？就讓故事裡的人物自己來隨興發揮不是更有意思嗎？

也許很有意思，但是後果必定慘不忍睹。我們小說家創作小說，按照狄佛托在《小說的世界》中所言，是汲取幻想的溪流，然後憑著小說家作夢的天分，發揮把夢幻用因果依序串連組織的本事。設定一個前提然後用整部小說來證明這個前提，你就是在「把夢幻用因果依序串連組織」。

任想像奔馳、隨夢幻發揮，當然很好，但問題就來了：你不明確設定前提，你的筆下人物就真的會把故事搶過去寫了。他們寫出來的會是怎樣的故事呢？運氣好的話，他們寫得還不錯。我的學生都極有天分，可是我計算過，如果任由筆下人物捉刀，他們寫出超棒小說的機率僅有百分之一。沒有前提，作者就沒有藍圖；沒有前提，就好像你矇著雙眼，從紐約出發去堪薩斯；沒有前提，你所摹擬的人生盡是無關緊要的岔路和走不通的死胡同。

前提是一句簡短的聲明，敘述「由於故事中各人採取的行動，書中人物變成怎樣」。埃格里在《戲劇寫作的藝術》中說得好，這聲明包含了「人物、衝突與結局」。

作者想清楚了前提，就可以用來測試小說，在每一個轉折，你都可以自問：要證明前提，非得有這轉折不可嗎？到故事結尾，作者又可以問：故事中的各種行動，結果證明前提了嗎？

布雷斯（Gerald Brace）在《小說種種》（The Stuff of Fiction）中指出：「在理想情況下，戲劇性小說的每一環節都息息相關，每個細節都有作用，樁樁件件都導向後來發生的事……，而當萬流匯集、高潮來臨時，所有恩怨情仇都解決了，善了或惡了，到此都了了。」

想要做到接近這理想狀況，最好的方法莫過於認清前提。

量身打造一個前提

狄佛托在《小說的世界》中說，他所認識教導創作的老師，以米瑞莉小姐（Miss Edith Mirrielees）最好。米瑞莉小姐在討論學生作品時，一開始就問：「這故事要講什麼？」

對於自己的作品，小說作者要問的最重要問題就是這個。這是尋找前提的第一步。

前提確定了，你就可以說：「我主張，依據人性，特定的一組人受到特定的一連串衝突考驗，過程中會朝向我料定的方向改變。」

前提就是你這故事的簡述，是你的主張，你的觀察；你對人性和人生想要表達的見解。

我也是創意寫作的老師，我看到新手作家來到我的課堂，胸中有他很想寫的小說材料，卻沒法把材料修剪成故事。原因是，他不知道這故事要講的是什麼。

我剛開始寫作時，遵奉給新手的忠告——寫你熟知的事！什麼是我所熟知的事呢？汽車保險理賠員的生活。於是我動手琢磨一篇自傳性質的小說，題目叫《蟑螂》。

主角（我）很討厭他的工作，周遭的人都深陷在日常瑣事之中不可自拔。他想要藉由藝術來抒發情感，他參與工會組織，與靈媒接觸，找專家諮詢婚姻問題。總之這人心煩意亂，同樣的錯誤一犯再犯，東奔奔西跑跑，喝醉酒把車子撞爛了。老闆開除他，他又找了一份工作，還鬧出婚外情。簡單說，他像一枚酒瓶軟木塞，在颱風天被吹得滿地亂蹦。

我的恩師一直問：這小說是要講什麼？它的前提是什麼？我則茫然瞪著他，喃喃說這是講一個理賠員的生活。

我的故事應該是要講人生的「某個」面向，而不是「全部」面向。人生的全部面向太廣泛，不適合拿來作題材。在小說裡，我們把人生的一、兩個面向放在顯微鏡底下，作一些實驗處理（衝突），然後記錄後果。優秀的戲劇性故事是人性的實驗室，述說作者篤信的人生某些面向、某些特質。想要寫出超棒小說，你得篤信在你所述說的故事中特定環境下，人性有此特質、人類存此信念、人在這世界上如此生存。

你也許沒我幸運，沒能碰到我的恩師這樣的師父，那你就只好當自己的導師，每次坐下來寫作之前，先問自己這故事是要講什麼。

假設說，這是一個愛的故事。不管是孺慕之愛、手足之愛、浪漫之愛、肉慾之愛、癡狂之愛或別的，只有強烈的愛才值得寫。先回答這故事是講什麼，你的前提就有了前半部分，後半部則要看你的人物結果怎樣了。以癡狂之愛來說，主角的癡狂變成愛人太大的負擔，結果愛人逃離，主角自殺，那麼這故事的前提就是「癡狂之愛導致自殺」。

前提一出來，你就清楚了。比方說，你會看出，主角與祖母的爭執無關癡狂之愛，不會促成他後來自殺的念頭；你也會看出，主角的寂寞導致癡狂之愛，因此故事裡必須敘述。你現在知道該怎麼寫了。

不喜歡故事以自殺結尾嗎？那麼，癡狂之愛導致什麼別的吧，比方說導致心靈的啟迪或至高的幸福？你的前提由你決定，是你的信念，你的觀察，在你所創造的世界裡事情照此發展。

前提、寓意跟主題的不同

小說作者常常弄不清「前提」、「寓意」跟「主題」有什麼不同。

寓意最好懂，寓意就是這故事的教訓。軍中教育影片談性病，寓意很清楚：「你不做好防範，可能就會惹病上身。」聖經故事多半都有同樣寓意：「不遵神的律法必將遭難。」寓言則一定有寓意，比方說：「謀定而後動」、「狐狸最狡猾」等等。童話故事通常教導小孩要聽從父母、不可靠近熊或狼或壞女巫。

小說作者是藝術家，不是道學老師。因此軍中教育影片或聖經故事或寓言童話裡面所含的寓意，在超棒小說裡都不會有。不過，如果你寫了一部小說，講到愛情沒能拯救酒鬼，你可以說這故事的寓意是「別愛上酒鬼」。大部分的偵探小說都可以說寓意是歹路不可行，可是作者寫偵探小說並不是為了教導世人謀殺是罪惡，讀者閱讀偵探小說也不是想要領受教訓。

現代小說如果書中含有寓意，多半只是巧合。舉例來說，一部小說的前提可能是「酗酒導致心靈成長」，其寓意可能是「飲酒讓你更接近上帝」，這絕對不是一般人心目中故事的寓意；一般都認為酗酒應該要導致墮落和死亡。在舊式的小說裡，篤信宗教或行善重義會導致靈魂提升，但在現代小說裡宗教往往導致道德淪喪，例如亂倫或瘋狂。換言之，現代小說的寓意完全不是傳統上的寓意，現代小說的寓意可能很不道德，像是「說真話會毀掉婚姻」，或是「殺人是一種成長經驗」，閱讀不再是提升道德的方法。

好，寓意就是道德的教訓，而主題或前提則完全沒有這個意思。

教導寫作的書往往沒把主題和前提的定義分清楚，話說得模稜兩可，每個人解讀不同，每個人可能都不完全錯。然而，對於同一個名詞我們如果各說各話，就像是雞同鴨講，怎能著手寫超棒小說呢？

本書要寫下去，就得先把這兩個名詞解釋清楚。其實叫什麼名字並不重要，你儘管把前提叫做香蕉，把主題稱為蘋果都好；重要的是它所代表的概念。

庫恩茲在《怎樣寫出暢銷小說》中，給主題下的定義是：「作者從其獨特觀點，對於人類處境的某一層面作出聲明，或發表一系列相互關聯的觀察。」賈德納在《小說的藝術》中說了類似的話：「主題在這裡指的不是『宣示』——好的作者都不願意用作品宣示什麼；主題是泛指題材，就好像說今晚辯論的主題是全世界的通貨膨脹。」

懂了嗎？主題是小說裡一再出現的概念。一部小說討論的概念可能是：孝親之愛與肉慾之愛差別何在，對精神失常的母親或犯罪的兄弟應負怎樣的責任，死到臨頭或患了重病要怎樣堅強面對等等。這些在小說裡重複出現的概念就是主題。

為了討論方便，我們把主題定義為：「小說中重複出現的一種概念，是關於人類存在的某些層面，在小說中反覆拿來檢驗或探索。」而前提則是在聲明「由於故事中各人採取的行動，書中人物變成怎樣」；前提不是寓意也不是主題。

名詞分清楚了，我們接著可以開始討論如何執行。

前提怎麼用

我們來看看幾個前提是怎麼定出來的。先來看一個我們熟悉的故事：

豬媽媽生了三隻小豬。小豬長大了，豬媽媽認為他們可以出去自己過活了，就給每隻小豬一點錢，讓他們各自蓋一間屋子去住。第一隻小豬不想把錢花在結實的建築材料上，要省下錢來買些無關緊要的東西，所以就蓋了一間草屋；第二隻豬用樹枝蓋了屋，第三隻則用磚塊蓋了房屋。大野狼來了，很快就把第一間和第二間屋吹垮，把裡面的豬吃了。可是來到第三間屋，卻弄不垮它。狼想從煙囪爬下去，豬卻在底下擺好一鍋燒開的水等著，把狼扣在鍋裡，煮成狼肉湯當晚餐。

這故事的前提是什麼？很簡單，是「愚蠢導致死亡，明智導致快樂」。換言之，這故事的主旨（在講什麼）是愚蠢和明智。它不是在講家屋建築，家屋建築只是拿來講故事的場景。蓋房子，是故事中的行動，構成故事的文本。

明智和愚蠢是故事的涵義，而涵義才是故事真正要說的。故事中的行動（文本）證明了故事的前提（涵義）。

小豬們如果不蓋房子，改成造船或造飛機，涵義還是一樣。行動證明前兩隻豬愚蠢，第三隻明智。

前提弄清楚了，作者就要問：故事中有哪些行動對於證明前提沒有幫助？在三隻小豬的故事裡，有不相干的行動嗎？顯然沒有。

接下來，作者要問自己：故事中的事件有沒有完全證明前提？愚蠢的小豬們死了，明智的小豬吃到燉狼肉湯當晚餐。好啦，前提證明得很好。

假設說，這故事裡有一段描述三隻小豬去逛園遊會，遇見幾隻母豬，想要跟母豬約會被拒絕了，回到家喝悶酒，醉了。這跟證明前提有沒有關係？沒有。那麼作者就該把它刪掉。

要是故事裡有一段，說是蓋了草屋的小豬逃走，還拿手槍射殺了狼，那怎麼樣？那就跟智或愚無關了，是吧？要是添加一兩個場景，描寫第一隻小豬蓋的草房讓颶風吹走，於是牠用泥土蓋了一座新屋，那又怎樣？這樣對於證明前提是多餘的，所以刪除。

新手小說家往往覺得明定前提像是給創意穿上鐵背心，滯礙難行。大誤。

如果作者不知道作品的前提是什麼，事情會變成怎樣呢？情節會支離破碎，像是一些不相干的事件隨意組合，沒有進展，讀者很快就會不想看了。

你翻開一本小說，或是開始看一部電影，起初不太清楚這故事是講什麼。我們假設一本小說這樣開頭：瑪莉想要去參加學校的舞會，她母親不准，兩人鬧得很不愉快，後來媽媽終於同意了。看到這裡，你想這本書是在講什麼？呃，也許是講親子關係？但是很難斷定。

好，瑪莉去了舞會，認識了佛萊，覺得這男生挺好。可是佛萊的眼神有一點古怪，讀者感覺他不大對勁。我們就想，啊，這故事大概是講一個女孩愛上壞男孩，說不定等一下就會發生兇殺案。

舞會後，她跟那男生去了另一個派對，可是派對中，男生搭上別的女孩，跟她走了，瑪莉只得獨自一人走回家，路上遇見一個流浪婦人，走在她身旁……

讀者漸漸覺得不知所云，好像在聽一個四歲小孩講他去動物園的見聞，一下說東一下子說西，不知道有何關聯，氣悶得很。有了前提，故事就有主旨，情節往前推展，終究有個結局。

要檢驗一個故事到底有沒有主旨，有沒有往前進展，不二法門就是問自己：如果把故事裡的事件顛倒重組一下，有沒有影響。瑪莉在去舞會之前就遇見流浪婦人，如果對故事沒有影響，那麼這故事就沒有進展可言。在不斷進展的故事裡，各事件不能互相調換，因為事態時時改變，一旦換了時間點，事情就不會是這樣發展的。

認清前提，就像是弄到一尊砲管，你的創意是火藥，可以往砲裡面裝填發射。沒有前提，你有再多的火藥粉末也只能製造出閃光和煙霧，絕對無法直線前進，轟倒圍牆。

大力士故事

再看看另一個大家都熟悉的故事：參孫與大莉拉。如果你不知道這個故事，請參看聖經〈士師記〉。

我們這裡講這故事，與聖經的講法略有不同。我們這比較像是好萊塢的版本，一九五一年好萊塢拍過這片子，由維多馬丘和海蒂拉瑪主演，我們就稱它超棒版本吧。

故事說，有一個男人為神所喜，賜與他超強力量，成為戰場英雄，卻敗在美人石榴裙下，失去他的超能力。這時候他悔悟，神力恢復，把敵人打得落花流水，自己也在戰鬥中死去。

參孫故事的前提是什麼？「悔悟導致壯烈死亡」怎麼樣？

作出「悔悟導致壯烈死亡」這樣的故事聲明，你其實是在說：神的寵眷導致超強能力，因而在戰場上成為英雄，於是變得傲慢自大，這便引來色慾誘惑，造成挫敗、恥辱和盲目，此時轉而痛悔前非，超能力因此恢復，最後導致壯烈死亡。前提「悔悟導致壯烈死亡」是以上全部聲明的簡短說法。

換言之，前提的意思是說：「經由一連串事件，一種情況引發另一種情況，最後會導致一個結局。」

我們這個超棒版本是這樣證明前提的：

楔子：參孫之母無法生育，某日天使來訪，告知她將懷身孕，孩子是個蒙恩的人，神賜福他。（這段說明參孫身分特殊，受神眷愛。）

起始事件：參孫長成青年，往城裡去追求一個女人。路上遇見一頭獅子，他把牠撕成兩半，有如一個成人撕裂一個幼兒。（說明他多麼勇敢又強壯。）

誘發事件（此事件發生在日常生活之中，帶來改變並觸發故事中的一連串事件）：參孫即將迎娶一個非利士（敵對民族）的女人，在婚宴上發生爭執，新娘的父親收回女兒不嫁，參孫於是放火焚燒非利士人的玉米田。（這段說明紛爭是怎麼開始的。）

頭樁變化：三千非利士人來到以色列人陣營，要報復參孫。參孫憑其超強能力，殺死了其中一千人。（說明參孫的威武，情節向前推進。）

次樁變化：非利士國王氣瘋了，下令徵募一萬人去教訓這渾小子，但是妖媚妓女大莉拉勸說國王省省吧，派她去就成了。（說明她貪的是財。）

第三變化：大莉拉出現在參孫面前，引起他注意。參孫受到誘惑，迷上了她。（說明他是怎麼開始墮落的。）

第四變化：參孫變得好色貪杯。（說明大莉拉怎樣引他墮落。）

第五變化：大莉拉愛上這糊塗蟲，跑去見非利士國王，逼迫國王答應，如果她打探出參孫力大無窮的祕密，國王就不得傷參孫的性命。（這是在大莉拉身上發生的戲劇性進展，增添劇情趣味。）

第六變化：大莉拉旁敲側擊，參孫卻不肯透露他強大力量的來源。（他的抗拒顯示他對他的上主還是有那麼一點忠誠的。）但是大莉拉終於知道了，祕密在他的頭髮！

第七變化：她剪了他的頭髮，他失去他的力量。（表示他不再受神眷顧。）非利士人把他抓住，關起來。

第八變化：非利士國王遵守諾言，沒殺參孫，卻用燒紅的鐵刺瞎了他，然後把他綑綁在磨子的轉輪上。

第九變化：大莉拉嚇壞了，請求參孫原諒。參孫原諒了她，轉而請求上主原諒。他的頭髮逐漸長回來。（顯示參孫回到主的懷抱。）

第十變化：非利士人慶功，把參孫押到他們的神廟去嘲笑他。大莉拉領著參孫去到神廟的大柱，參孫推倒大柱，殺死眾敵，自己壯烈死亡。（前提得證：悔悟導致壯烈死亡。）

以上步步顯示參孫如何受神喜愛，多麼強壯有力，如何受到腐化，如何失去神力，如何悔悟，如何光榮死亡。

你也可以說這故事講的是一個男人怎樣受到色慾的腐蝕，悔悟之後得到光榮死亡。不然你也可以說前提是「被神選定成為英雄導致壯烈死亡」，一樣正確。不管怎樣，意思一樣，同樣的一連串事件發生，導致主角經由衝突來到結局。

前提的種類

前提有三種：（一）連鎖反應型，（二）相對力量型，（三）情境型。

「連鎖反應型」的前提最簡單好懂。主角遭遇了什麼事情，引發連串事件，導致某種高潮，產生結果。

在這類故事裡，通常一開始就發生某種出乎意料的事情。比方老周有一天去上班，心裡很厭煩自己單調的生活，卻看到一輛保全卡車飛快轉過街角，一個袋子從車後門跌落。老周撿起袋子，發現裡面裝了三百萬美元。他太太勸他交給警方，他照做了，結果成為媒體紅人。他去上「今夜」電視節目，暢談對狗的熱愛（其實是他瞎編的，他只是覺得他得說點什麼）。賣狗食的公司看到了，請他代言，於是他更有名了，儼然成為為動物伸張權利的鬥士。

老周被名利沖昏了頭，他太太訴請離婚，要求大筆贍養費。他開始生活奢靡，女朋友一個接一個搜刮他，他還染上酗酒的習慣。有天晚上他喝得醉醺醺回家，遇見一條狗擋路，踢了牠一腳，結果被人錄下來，在各家電視新聞播出，他毀了。最後老周回到他原來的工作，瞭解盛名對他沒有好處，又把前妻娶回來，從此過著快樂的日子。

前提：「撿到一袋鈔票導致幸福快樂」。這是簡化的聲明，意思是說：這故事講一個人撿到一袋鈔票，上了電視談話節目，成為狗食廣告代言人，出了名，變得自以為了不起，太太跑了，踢狗被人活逮，名利轉眼成空，與妻子復合，找回原來工作，幸福快樂過日子。前提簡化成「撿到一袋鈔票導致幸福快樂」比較簡明扼要，也比較有力。

「相對力量型」的前提是在一個故事裡有兩種力量互爭，其中一方獲勝。例如「愛情擊敗愛國心」，可能講的是二次大戰期間的一個年輕德軍，愛上一個捷克女人而背叛了國家。「好酒貪杯毀去愛情」講的大概是一個悲劇故事，「因貪婪而失去理想」也是個悲劇。

相對力量型的前提可以用等號來表現：X對抗Y＝Z。「愛國心對抗愛上帝造成死亡」是一個例子，「肉慾之愛對抗家庭責任造成自殺」或是「肉慾之愛對抗貪婪造成狂喜」都是。

你怎樣證明「好酒貪杯毀去愛情」這個前提？你可以開頭寫小周如何深愛瑪莉。儘管家人反對，他因為愛情深摯，不顧一切娶了她。另有一個闊小子也追求瑪莉，她卻選擇了小周，可見瑪莉真心愛小周。後來小周開始喝酒，只為了喝著好玩。有一次他酒醉駕車，出了車禍，瑪莉受了傷。她原諒了他，他努力戒酒。瑪莉有了婚外情，他發現了，大吵一架。他發誓今後滴酒不沾，兩人搬去另一個城市，想忘掉過去不愉快的事。但是小周的新工作壓力很大，唯有靠酒精安撫情緒。瑪莉發現他偷藏的酒瓶，回頭去找她以前的情人，小周剩下酒瓶作伴，墮入深淵。

好吧，我承認這故事沒啥新意，看前面就猜得出後續發展，但是故事明顯證明了「好酒貪杯毀去愛情」。

所謂「情境型」的前提，是說某種情境影響到各個人物。溫飽的小說常常是講一個人當上警察以後產生怎樣的變化；有的人發展出高貴的情操，有的人磨損了原有的志氣。也有很多戰爭小說討論戰爭對人的影響，同樣的，寫監獄的小說，寫貧困的小說，寫宗教生活的小說等等，都是這種模式。

情境型前提很容易離題，因為它比較難聚焦。每個人物處在這情境中產生的變化各有不同，好像許多弧形此升彼降、交織交叉。所以一部情境小說，最好看作是多個故事，每個故事有它的前提，只因所有故事都受同樣情境的影響，而放在同一本書裡面。

假設說我們要寫一本關於內戰的小說。

小說裡，純真溫柔的史密斯中尉被戰爭逼到發瘋，他的前提是「戰爭把純真溫柔的人逼瘋」。剛強冷硬的布朗中士則變得殘忍暴力，他的前提是「戰爭讓人殘暴」。愛作夢與寫詩的士兵鍾斯變得尖銳刻薄，他的前提是「戰爭令人刻薄」。費茲將軍是勇悍的戰術專家，卻戰敗身死，他的前提是「蠻勇導致死亡」。並不是每個人都下場悲慘，納慈下士是衛生兵，鬱鬱寡歡獨來獨往，卻成為英雄，他的前提是「英雄行徑導致心滿意足」。

在這一章裡我們界定清楚了寓意、主題和前提，又舉例說明了三種前提的類型與用法。下一章我們要來看看怎麼把前提當成魔杖使喚，魔杖點到之處，你的小說忽然有了無限的發展可能。

5

前提：小說家的魔杖

前提變戲法

我們來研究一個故事，看看如果改變前提，故事會怎樣跟著變，這其實是很簡單的戲法。故事是這樣：

> 小周是滿懷理想的青年，繼承了祖父的果園，決心把它改造成完全有機的果園，卻發現鄰居們靠著製造非法殺蟲劑而牟取暴利。他假裝與他們同流合汙，最後將他們繩之以法。

這個故事的前提是「勇敢堅持理想，就會戰勝壞人」。所以這是一個關於勇敢堅持理想的故事。勇敢堅持理想的主角，結果怎樣了呢？他得勝了。要寫小周堅持理想，終於獲得勝利，打倒作惡之人這個故事，你需要擬出一張步驟表，把事情的進展勾勒出來。像這樣：

開頭狀況：滿懷理想的小周，與現實社會有一點格格不入。比方說，他在大街上朗讀自己的詩作，警察叫他別擋著路，他則堅持他有權公開誦詩，結果警察把他逮捕。（這是顯示他理想至上與堅持的態度。）

誘發事件：小周繳了罰款，回到家中，接到消息說他繼承了祖父的果園。

頭樁變化：他接手果園，決定改用有機農法，辛勤工作，在其中得到很大滿足。（這是顯示他在果園做活兒也是堅持理想，並且略略說明他對果園很投入心力。）

次樁變化：他發現鄰居們製造並使用非法殺蟲劑，地下水因而受到污染，產生毒素。小周大為震驚。（惡人出場。）

第三變化：他決心阻止鄰居惡行，與當地警察合作，滲透進非法製造殺蟲劑的組織。（他的理想主義受到強大考驗。）

第四變化：小周與鄰居們一起幹壞事，多次面對危險，最後終於抓住壞人的把柄。（顯示他的勇敢。）

第五變化：壞人意圖殺害小周，他很害怕，但是堅持不退縮。（他的理想主義受到最大的考驗，風險更大了。）

高潮：壞人接受司法審判。

結局：小周回到果園，地方人士都感激他，他也覺得自己很有成就。（顯示他的成功。）

擬定好了證明前提的計畫書，現在你得問自己一些很難回答的問題：

◆前提證明了嗎？答：證明了，你已顯示堅持理想的結果是勝利。
◆有沒有不必要的插曲？答：沒有。
◆有反諷與驚奇嗎？答：唉，沒有。
◆故事中的人物有成長和發展嗎？答：唉呀，說不上耶。
◆這故事值得寫嗎？答：不值得！

沒有反諷、沒有驚奇，人物也沒有成長，那麼很顯然這故事不值得寫。

好吧，用同樣的人物、同樣的處境，我們來看看修改一下前提，會不會增添故事的反諷意味，讓故事波濤洶湧，讓人物成長？

首先，我們別扯什麼鄰居結黨製造毒劑的鬼話，我們就說小周繼承了果園，他想改成有機農法，可是不成功。迫於經濟壓力，他逐漸開始使用合法殺蟲劑，後來更使用非法殺蟲劑，再進一步用上破壞力很強的藥劑。我們拿起魔棒一揮，前提改成「迫於經濟需求，理想煙消雲散」。事件的次序大致如下：

開頭狀況：跟原來一樣，青年詩人小周因為在大街上朗讀自己的詩篇，警察叫他讓開，他堅持自己有權在此念詩，結果被捕。（顯示他滿懷理想。）他不認罪，不肯繳納罰款（進一步說明他多麼充滿理想，而且不切實際），所以在牢房裡度過一個週末。

誘發事件：小周繼承了祖父的果園。

頭樁變化：他接手果園，決心以有機農法經營。他辛勤工作，把原本使用化學肥料、化學藥劑的果園改成無化學品的有機果園。他一心要規規矩矩做事，克服了許多困難，第一批作物才終於長成。起初似乎有點成功跡象，水蜜桃結得不錯，但是他很擔心許多環節還是可能出錯。（表明他對果園的全心付出。）

次樁變化：蟲害肆虐。他採有機法殺蟲，稍稍控制住，水蜜桃搶救了一半，另一半賤價出售給人做果醬去了。雨水太多，西瓜泡湯了，他很沮喪。（大自然似乎存心跟他作對。）

第三變化：貸款利息與稅金吸光了他的現金，銀行認定他的果園會完蛋，不肯再貸款給小周這個懷抱夢想的人。走投無路的小周，用了法定准許的化學殺蟲劑來挽救他的草莓。（顯示小周的理想精神撐不住了。）

第四變化：用過一次殺蟲劑，再用就沒那麼難。蟋蟀為患，小周用合法的殺蟲劑沒效，他轉而使用違禁的藥劑，這東西會汙染水源，可是他覺得不能不冒這個險，藥商聲稱此藥安全無虞，他也就信了。（他的理想精神差不多蕩然無存了。）

高潮衝突：殺人蜂來襲，什麼藥都沒效，唯有毒性很強的違禁殺蟲藥可治。若是不用此藥，他將面臨破產；若是使用此藥，則將破壞環境。他用了毒藥。

結局：小周保住了農作，失去了靈魂，陷入苦痛的深淵。

現在，我們又得問自己同樣的問題：

◆前提證明了嗎？答：證明了。

◆有沒有不必要的插曲？答：沒有。

◆有反諷與驚奇嗎？答：有。

◆故事中的人物有成長和發展嗎？答：有。

◆這故事值得寫嗎？答：值得寫，但是要看情況。

你可以看出，使用前提這根魔杖，我們把這故事改進了很多。

我們還可以再揮魔杖，加入一個令小周心儀的女子，藉此增添故事的層次。也許他是為了愛情才昧著良心使用違禁藥品，那麼前提可以改為「愛情摧毀理想精神」，這個前提新鮮有趣得多。

這一來，故事的主題就是愛情與理想主義，仍然是藉著園藝栽培來說故事，但同樣的故事可以改成一個懷抱理想的青年繼承了一艘釣鮪漁船，迫於經濟壓力，他使用違法的流刺網。也可以是他繼承了一間雜貨店，為了賺錢，他出售酒品給未成年人。故事內容可以改變，前提則維持不變。

創造有趣又能賣的前提

有一天你作了噩夢，夢見你犯下滔天大罪，遭到警方追捕。你嚇醒了，一身冷汗，心裡想：哇，這可以寫成一本超棒小說。噩夢成為你的故事種子，你打算寫一本小說，講一個人犯了謀殺罪，感覺到法網恢恢，逐漸收緊。

這不是前提，只是一個故事的發想；目前故事還沒影兒。

好啦，第二天你坐在電腦前，打下「筆記」兩個字，然後把想到的什麼都記下來。主角是怎樣的人？他為何殺人？你想要寫的是一個犯下謀殺罪的普通人，他看起來一點也不兇惡，不像是會殺人的樣子，也許他殺人有很正當的理由？例如，為了保護家人？

這可以，但什麼是正當理由？

還不知道，你左思右想，想不出來。

然後你看到一篇新聞報導，說是有個男人迷戀某個女人，尾追她不捨。她極力躲避，怕被他殺了，女子曾經報警，可是警察能怎麼辦？他們不能一天二十四小時保護她。她還申請了法院禁制令，可是該男子罔顧禁令，照樣緊密跟蹤。她告上法庭，法庭只不過警告他勿再犯。

這個不錯，你想。這情況足以讓人萌生殺意。女子的丈夫是個普通人，眼見妻子被人盯梢，警方和法庭都束手無策，他覺得自己有充分權利殺掉這名男子。

現在你有了開場，但還是沒有前提。怎麼說呢？因為前提要包括結局。決定前提，也就是決定各個角色在故事中採取了種種行動之後，得到怎樣的結局。

回過頭來說，作丈夫的殺了人，丟棄了屍體，警方開始對他挖根刨底。到這裡，我們得決定這個故事要講人性中的哪一個特點，這故事是關於什麼。以下是幾個可能：

1 可以寫成偵探小說，普通男人是殺人犯，警探是主角。

2 可以寫成美國版的《罪與罰》，重點放在殺人者的痛悔，也就是說，一個贖罪與靈魂改造的故事。

3 可以寫成愛情故事，殺人者狂愛其妻，想到她可能受到傷害就要發狂，可是一旦為她殺了人，她發現後卻嚇得避之唯恐不及。故事結局可以是一種反諷：他為愛殺人，結果失去所愛。

4 甚至可以寫成喜鬧故事，描寫這人企圖殺害跟蹤者，卻屢擊不中。

5 還可以寫成背叛的故事，比方說，老婆讓丈夫相信她被跟蹤，引導他去殺人，為的是陷他入獄，好甩掉他。

你會選擇哪一款呢？做這類選擇是很主觀的。選擇第一款，主角就會是警探，故事的前提會類似一般偵探小說的前提：偵探憑其破案決心和推理技巧伸張了正義。故事的重心在於兇手怎樣足智多謀，以及偵探怎樣抽絲剝繭，智力更勝兇手一籌。

第二款，美國版的《罪與罰》，重心就完全不同。你得細數殺人者如何生活在罪與悔之中，這會是一部心理分析小說，偵探會比較容易把殺人者繩之以法，但那不會是小說的結尾；故事要繼續往下講，重點在殺人者的人生怎樣轉變。前提會像是「殺人罪行導致心靈提升」。

第三款，男人為愛殺人，可是此一行為反令他失去所愛，前提會是「癡狂之愛毀掉愛情」。

第四款，喜鬧故事，大概會有一個喜鬧式的結局。前提呢？也許是「企圖殺人導致快樂」？

最後一款，結局可能是老婆跟情人跑了，但情人心知肚明這女人水性楊花不可信賴，也就把她出賣了。前提可能是「背叛愛情的結果是被情人背叛」。

以上每一款只要寫得好，都可以成為超棒小說。我最喜歡的是第三款「癡狂之愛毀去愛情」。是什麼原因我說不上來，這很主觀，但我內心深處認為我可以把這故事寫好。

那麼，要如何證明這故事的前提呢？很簡單：

開頭狀況：朱爾（我們的男主角）下樓來吃早餐，他的妻子喬安也正在吃早餐。前晚她很晚才回家，不曉得幹什麼去了，她說她加班（她是房屋仲介）。朱爾深愛她，她說幾句好話他就不提了。（這顯示他的深情。）

誘發事件：朱爾經營保險公司，一位同事告訴他，昨晚看見喬安走進一家汽車旅館。朱爾力挺老婆，可是內心痛楚。（再度顯示他情深如許。）

頭椿變化：朱爾懷疑老婆的情夫是泰德，私下查訪泰德的行蹤，妒火中燒，難以自持。（看到這裡，讀者會猜想這是外遇謀殺故事，而其實不是。我們準備給讀者一個意外。）

次椿變化：朱爾質問喬安，她承認跟泰德去跳舞，先到泰德住的旅館去換鞋。她發誓對朱爾忠貞不二，朱爾的氣消了些，他決定給喬安買那座她一直想要的房子，希望能討好她。他深怕失去她。

第三變：喬安告訴朱爾，泰德在辦公室裡纏著她，還送她花。朱爾找泰德理論，兩人互相吼叫、撂狠話。

第四變：泰德開始跟蹤喬安。朱爾報了警，警方說泰德沒犯法，他們無可奈何。泰德繼續跟蹤喬安。

第五變：朱爾請了私家偵探，調查泰德的底細。偵探報告說，泰德曾兩度被捕，都是因為暴力性侵婦女。偵探說，朱爾若付五千元，他可以「說服」泰德離開本城。朱爾付了錢，私家偵探卻從此消失無蹤。警方認為他是拿了錢開溜，朱爾卻認為泰德殺了他。

第六變：泰德和朱爾在一家餐廳見面，泰德羞辱了朱爾，聲稱將不擇手段得到喬安，身為為老公的朱爾最好乖乖認命。朱爾悶聲尋思，有朋友說，他大有理由殺了泰德。

第七變：喬安某日懊喪返家，衣衫凌亂。她說泰德在停車場堵住她。朱爾在盛怒之下，決心殺了泰德。

第八變：朱爾下功夫研究殺人不被識破的案例，在擬定謀殺計畫的時候，他有強烈的快感。

第九變：朱爾殺了泰德，血腥的過程嚇壞了朱爾。

第十變：朱爾毀屍滅跡。

第十一變：朱爾心靈震顫，開始酗酒。

第十二變：警察來查案，心思縝密的老警長莫里諾認為朱爾涉嫌，他其實很確定就是朱爾幹的，也對朱爾明說了。朱爾慌了手腳，睡不著覺，神經緊張。

第十三變：私家偵探忽然現身。他果然是騙錢走路，現在招認有關泰德的前科是他捏造出來的，好騙朱爾拿錢給他打發泰德。朱爾這下明白泰德並非是他所想像的大惡棍，悔之莫及。

第十四變：朱爾的詭異行徑令喬安難以忍受，兩人爭吵。

第十五變：朱爾的工作表現也差了，同事間謠傳他殺了人，朋友們漸漸避開他。

第十六變：警方徹底搜查他的家，尋找蛛絲馬跡，又把朱爾帶到警局偵訊。他很害怕，但沒有招供。

第十七變：喬安卻受不了。她說人家都盯著她看。她和朱爾又大吵一架，朱爾衝口說出為她殺了泰德。為她！

第十八變：朱爾和喬安現在同床異夢，幾乎不說話。她好像很怕他，他怎麼安撫都沒有用。

高潮：朱爾窺探喬安，發現她打算離他而去，他怕她會作證說他殺人，在她計畫逃走那晚殺了她。

結局：警長懷疑又是他幹的，但是苦無證據。朱爾的公司垮了、房屋賠了，所有朋友都離他而去，最糟糕的是，他苦苦思念亡妻。最後一幕是，警長來訪，說他就要退休了，要搬到佛羅里達州去，希望朱爾在他離職前招認。朱爾拒絕。警長說：「好吧，看來你兩度謀殺卻都逃脫了後果。」朱爾苦笑道：「逃脫了嗎？」

好，現在我們來問同樣的問題：

◆前提證明了嗎？答：證明了。癡狂之愛的結果是失去所愛。

◆有沒有多餘枝蔓？答：沒有。故事看來很緊湊，沒有旁枝，沒有分岔，沒有歧路。

◆有反諷與驚奇嗎？答：有。整個故事就是一個反諷，另外有幾處奇峰突起，例如私家偵探再度現身。

◆角色有成長和發展嗎？答：有。朱爾本來事業順遂，充滿信心，後來變成鬱悶的酒鬼；本來是情深意重，後來卻深陷苦海，既悔又恨。

◆這故事值得寫嗎？答：值得。

這就是依據前提的寫作方式，從一個發想的芽點，一直到歷經波折，證明了前提。

不只一個前提的小說

有些超棒小說不只有一個故事。有兩個的，像托爾斯泰的《安娜・卡列妮娜》，安娜是一個故事，李文是另一個故事。有超過兩個故事的，像在《戰爭與和平》中，皮耶的婚姻是一個故事，皮耶去參軍是一個，安德烈王子重傷致死是一個，娜塔莎的故事又是一個；另外還有別的。

在《罪與罰》中，有一個罪的故事，一個罰的故事。

在《亂世佳人》裡，郝思嘉的家傳農場毀於戰爭，她千辛萬苦重建，這是一個故事；再來是她與白瑞德的慘痛婚姻故事。

一本小說若有不只一個前提，就讓很多人鬧糊塗了。每個故事有一個前提，可是一部小說可能包含不只一個故事，所以就有不只一個前提。超過一個故事的小說，本身沒有前提，它像是承載故事的容器。

比方說，你想講三個姊妹的故事：其中一位是護士，一位好學深思，再一位是個妓女。這三個故事互不相干，只不過主角是一家人。姊妹關係是容器，這樣就夠了。

再比方說，你想寫一個心理醫生和她的四個病人，或是念研究所認識的五個人。容器只不過是設計了來給讀者一個說得通的理由，把不同的故事放在同一本書裡。

還有一個方法，可以把不同的故事放進一本小說，就是寫成系列故事。雖然每個故事講的都是同樣的主角或一群人，卻各自有它的前提。

舉個例子，你想寫一部歷史小說，講拿破崙時代英國一位虛構的海軍英雄，艾利克爵士。開篇你可能描述年輕的艾利克還是英國海軍官校的學生，在巡洋艦上遭遇颱風，同袍奮力穩住軍艦，他卻嚇破了膽，躲在錨箱裡不敢出來。後來他為了掩飾自己的懦弱，出賣朋友，朋友受罰，他卻得獎並獲升遷。這故事的前提是「懦弱導致勝利」。

小說的下一部（另一個故事）講艾利克愛上美麗的艾希莉小姐，她卻已與諾丁罕爵士訂了婚。諾丁罕是艾利克的繼父，也是他的人生導師。艾利克認為必須除去諾丁罕，想方設法讓人指控繼父打牌作弊，他知道繼父的個性，必然會拒絕為此小事與人決鬥，這一來諾丁罕名譽受損，而高貴的艾希莉小姐不會願意下嫁名譽不佳的懦夫，而改嫁給艾利克。這故事的前提是「肉慾之愛壓倒父子之情」。

本系列的下一部裡，艾利克奉召作戰。他一聽到砲響，就把船開進濃霧之中，躲在那裡胡亂開砲，假充勇敢，結果不小心把本國艦隊的旗艦打沉了。本篇的前提是「膽小的結果是蒙羞」。

再下來，我們看到艾利克關在監獄裡，等待處死，他滿心悔恨。悔恨的結果怎樣？也許他志願擔負某個自殺任務。我們且說他在任務中又嚇破了膽，任務沒完成，反而背叛國家，向敵軍投降了，他沮喪得不得了。前提是「悔恨導致沮喪」。

你看得出來，艾利克的一生是一系列的故事，每段都自有前提。他的人生像一個容器，沒納入故事之中的生命片段就省略了，例如他坐監的三年裡，每天與獄友同吃牢飯同玩紙牌。

如此安排，讀者在閱讀第一段故事的時候，會知道這是關於懦弱的故事；讀第二段，知道是關於愛，以此類推。所以雖然主角是同一個人，故事卻有不同的前提。

多個前提的小說還有一種安排方式，是在兩個故事之間交互穿插。比方說，艾利克爵士可能有一個同父異母的弟弟，是艾利克的爹與一個酒女所生的，我們給他取名叫魯道吧。魯道是個匪類，極討厭他的異母哥哥，曾放話說若與這哥哥狹路相逢，鐵定割掉他的雙耳。

我們可以把小說設計成在兩兄弟之間穿梭來回，當其中一人的故事乏善可陳時，我們就轉而講述另一人的狀況。情節可以像是這樣：

開場：艾利克爵士的導師知道艾利克如果成績再不進步，他自己就會被解聘，於是教艾利克作弊。艾利克從此學到重要的一課：作弊沒什麼不對。

轉換到魯道：人家懷疑他偷了蘋果，對方說只要他講實話就不會受罰。他講了實話結果受罰。魯道學到與艾利克完全不同的一課。

回到艾利克：他愛上一個洗碗女工，兩人在翻雲覆雨時被抓個正著，她被判處流放，遠徙澳洲囚犯地，艾利克的父親警告他以後在外面風流要隱密些。

回到魯道：他母親的雇主，豬氣酒館的老闆，找藉口不付薪水給她。魯道和一個沒什麼腦袋的朋友商量著搶劫這酒館。

回到艾利克：他回倫敦探望父親，父親說要請客，帶他去倫敦最好的妓院觀光。

回到魯道：搶劫失手，酒館老闆揍了他，他拿短劍把人家一劈兩段，開始逃亡。

回到艾利克：從妓院出來，他跟親愛的老爹喝得半醉，乘馬車唱著淫歌浪曲往國王路家中駛去。

回到魯道：他在國王路等候同伴，同時伺機尋找可以下手搶劫的馬車。一輛車開過來，車內傳出有人高唱淫歌浪曲。

你看到，穿梭交叉的寫法，讓兩種人生互相比較，顯示落差。使用這種交叉法的小說，兩個故事大致同等重要。當然，要交叉敘述兩種以上的故事也行。

另一種多前提的小說，其中的故事就不是等重，一個是主要故事，另一個是次要情節；通常次要情節對主要故事有重大影響。

次要情節可以整個塞進去，一次講完；也可以與主要故事交織進行。使用交織法講述次情節最難，兩個故事同時講，往往共同參與一樁事件。交織法的次情節幾乎都是關於愛，還都是男女情愛。

我們拿小周的故事為例。這位滿懷理想的年輕農夫，在經濟壓力下喪失了理想精神。我們來看看如果他認識了鄰居的女兒漢娜，並愛上了她，事情會怎樣發展。

你先前的前提「經濟需求擊垮理想」，現在不能用了，因為愛情介入。交織寫法的前提可能變成是「經濟需求沒有擊垮理想精神，愛情卻擊垮了它」。

在我們修改過的故事裡，小周抗拒經濟壓力，再怎麼困難也堅持到底，但是他愛上漢娜，而漢娜跟壞人一夥，結果他為了愛情放棄理想。

不喜歡這個版本？也許你希望小周無論如何都維持理想精神，可以，那麼用交織法，前提改成「在經濟壓力下堅持理想精神，結果破產，愛情也隨之而去」，怎麼樣？

在這個版本裡，主角堅持理想，漢娜逼他放棄他也不肯，他維護了理想精神，卻失去所愛。我們看看可以怎麼證明這個前提：

開場狀況：就讀加州大學柏克萊分校的小周，因為參加充滿理想的抗議活動而被捕。他的女朋友原本已經受夠了他的理想主義，這下子決定跟他分手。（這裡添加女朋友這段，是強調他現在沒有女伴了，很需要新女友。）

誘發事件：小周得知果園繼承給他了，他決定完全用有機法栽培，認為農業就該採用有機模式。

頭椿變化：小周來到果園，開始工作，丟棄所有非有機的物品。（到此為止，這是一個理想主義的故事。）

次椿變化是次情節的開端：進城去買釘子，小周遇見在五金行打工的漢娜。（在此版本中，她正在大學攻讀生物化學。）他要求跟她約會，她答應了。

第三變化：他的番茄園遭到蟲害。他使用有機法除了蟲，忙碌中，竟忘了與漢娜的約會。她聽說了鬧蟲害的事，到果園來幫忙，兩人累到筋疲力竭。

第四變化：小周與漢娜在果園中一片青草地上野餐，接了吻。（讀者知道這是與理想精神主情節分開來的愛情故事。）

第五變化：蝗蟲把小周的紫花苜蓿吃個精光，他趕緊補種甜菜，總算仍有收成。（我們回到理想精神遭受考驗的故事。）

第六變化：小周欠繳了一筆銀行貸款，銀行催促他使用殺蟲劑，他堅持原則，拒絕了。

第七變化：在月光下乘乾草車漫遊（浪漫極了），小周向漢娜求婚，她答應了。（又回到次情節。）

主故事的高潮：甜菜又得了枯萎病，有機農法沒能解決，小周和漢娜從白天工作到夜晚。想要保有果園，非得用化學藥劑不可了，可小周不肯。「這是我們的未來！」漢娜叫道，小周卻堅持原則。「你愛我的話，就會保全果園！」她說。小周不放棄理想，漢娜離他而去。（次情節的高潮。）

主故事的解決：銀行沒收了果園。

次情節的解決：回城的路上，小周到五金行探望漢娜，她祝福他幸福快樂。

很清楚，這個交織故事的前提，「在經濟壓力下堅持理想，結果破產，愛情也隨之而去」，已經得到證明了。

依據前提寫作的技巧

我教過的大部分寫作者，第一次聽到寫小說要先想好前提，都會趕快看看自己正在寫的東西，想在裡面找個前提出來。

不要這樣。

你該做的是，找幾部電影來看，看完了形容一下每部片子的前提是什麼。問自己：這片子是講什麼？然後問：裡面各人物後來都怎麼了？就這樣。

比方說你我都看了經典老片《非洲皇后》。你說它的前提是「復仇導致真愛與幸福」，我則說是「響應愛國呼召導致勝利」。我們也許都對。柔西因為想要復仇，才忽然愛國起來，而到頭來柔西和查理這兩位主角確實獲得勝利了，但他們也找到真愛與幸福。重要的是故事中的一連串事件沒變，所以你我說的是同一回事，這是重點。

你會很快發現，賣座電影大致都有很明確的前提，證明前提的過程也很緊湊明快。裡面有人物發展，有反諷和出人意表的變化，而故事的前提也很值得證明。

接下來，看看如果改了前提，故事會如何變化？哪些事件可以刪除？需要添加什麼？

再下一步是開始根據前提構思故事。先想一個前提，然後擬出大綱，看可以如何證明前提。一天做一兩次這種練習，幾週後你根據前提寫作就能得心應手。

從此以後，你就像手持鑿子的埃及石匠，你有了工具，可以著手雕琢說不定能流傳後世的大師級作品了。

學會了掌控前提，現在，你需要的是強而有力的敘述聲音。這正是我們下一章要談的。

6

誰在講故事？

敘述者的人格，可以跟作者的人格脫鉤

你在讀《超棒小說再進化》時，必定對本書作者產生深刻印象（希望如此）。你當然知道這書不是機器寫的，你可以從字裡行間看出作者的個性，你大概已感覺得出作者不但幽默，而且意見強烈。

你可能相信這本書的敘述者「我」即是作者詹姆斯・傅瑞本人——其實不然，敘述者「我」並非傅瑞我本人。當傅瑞坐下來寫作的時候，他就進入了另一種身分，有了別種人格，敘述者「我」就是這個人格身分。這個「我」是傅瑞的理想投射，不是真實的傅瑞。敘述者顯現得熱情洋溢達觀進取，可是真實的傅瑞總有沮喪悲觀的日子，總有衝動莽撞的時候。當他寫作不順時，他恨不得把鍵盤給砸了，可是本書的敘述者絕對不會顯露這樣的情緒。本書的敘述者是絕對的樂觀，興高采烈，自信到神氣的地步。

這並不表示真實的傅瑞對本書所言有絲毫的不認同。他相信本書句句屬實，只是他有時開心有時難過，就跟所有人一樣。有時候他會胡思亂想，有時候杞人憂天，有時候想破腦袋也擠不出一個字。但本書的敘述者卻永遠是輕舟飛渡萬重

山，從來不會困於淺灘。

所以，即使真實的傅瑞，我，正因飼養的金魚死翹翹而傷心，我也不會讓敘述者的聲音透露出半點兒難過。只要我一進入敘述者的人格身分，形象就永遠會是手指在鍵盤上飛舞，嘴角掛著一抹微笑，眼底有兩閃光芒。

一個作者可以有多種不同的身分人格，比方說傅瑞我就還有別種敘述聲音可供使用。

例如，我在研究所念英國文學時，寫論文用的是別種聲音——學者的聲音。以下是我當年寫的一篇論文的片段，題目叫（唉）〈詮釋學與古典傳統〉：

> 本論文的目的是比較蒲柏與赫許的文學批評方式。蒲柏可能是最後的新古典理論家與實踐者，赫許則是美國詮釋學教授，受教並且浸淫於被稱為現象學的二十世紀德國哲學。以下採二分法，列舉兩者之歧異，僅僅略示其意而並不詳述。希望呈現出來的意象有助於支持作者論點：蒲柏的新古典批評理論之核心，在赫許的詮釋學中仍然留存；特別是，作者的意圖，詩是有意識的行為，以及類別是詩人作品的核心，這幾個概念。本討論的重心將限於

「詩以模仿」對比於「詩以言情」這個自有文學批評以來便存在的爭議，無疑直到文學批評的末日此爭議仍將持續……

聽聽看，這敘述者多麼自以為是，盡用些偉大的字眼，讓論文有學者的語氣。字詞的選擇和句子的寫法，造就了敘述者的聲音。比方說，學者絕不會用「超棒」這樣的詞語，就如像本書這種輕鬆易讀的書，也絕不會用「詮釋學」這樣難念又難懂的名詞。

獅子吼：強而有力的敘述聲音

強而有力的敘述聲音，讓讀者覺得作者完全清楚他所描述的一切，因此讀者將產生信賴感，不去挑毛病，會順著文字的流動前行。非小說類的作品依靠語氣和實證來塑造強大的敘述聲音；在小說裡，則要靠語氣和細節創造強大的敘述聲音。

以下是非小說類軟弱敘述聲音的一個例子：

住在舊金山灣區是很愉快的。天氣很好，空氣清新，一整年都可以在海灣駕帆船，有很多很好的餐廳和有意思的地方，觀光客和居民都會喜歡。

這段文字選用的字眼毫無特色，輕飄飄的，平淡無味。讀者感覺敘述者要嘛不是很清楚他談論的主題，要嘛腦袋不是很聰明，或者兩者皆是。我們再用強壯的聲音敘述看看：

住在舊金山灣區酷斃了。你可以目睹觀光客在漁人碼頭、第三十九號碼頭以及市區的精品店當冤大頭；一頂十元的帽子在這些地方賣到九十九．九五元。你看他們在唐人街花五元買只值十分錢的小玩意兒，東西還多半是墨西哥造的。本地居民絕不去這些地方，美麗的翡翠色海灣鑲著白浪花，等著他們去駕船遨遊，往北不到二十哩又有好多條蔭涼的登山步道，讓他們在古老、莊嚴、靜默的紅杉林裡漫步穿梭。

這個版本比前一個生氣盎然得多——比較有個性。一句「酷斃了」為文字增添了嗆勁；明確的細節如「翡翠色海灣鑲著白浪花」帶出鮮明的意象，讓人對那地方產生印象。我們彷彿看得見那海灣與帆船，感覺得到那「沉默」紅杉林的莊嚴。

海洛是個好工人、好丈夫。他穿著體面，喜歡在週末去登山。他太太喜歡跟他一起去，但是他們通常把孩子留在家裡。一起登山的途中，他們總愛談論未來。

這敘述的聲音平淡乏味，用字也都泛泛，像是「好工人」、「好丈夫」，以及「喜歡登山」等，讓讀者感覺寫作的人沒有什麼話好說。下面我們把細節說得清楚明確些，敘述聲音馬上變強了：

海洛一週六天拚死幹活兒，在肯氏機具店專給訂做的浴室用品打洞。不上工的時候，他穿得勁帥：鯊魚皮西裝、鱷魚皮鞋、絲襯衫。星期天他就跟他老婆珠兒去爬山，兩人談著他總有一天要甩耙子不幹，跟機具業說掰掰，效法他的偶像蓋慈三世，到好萊塢去當特效替身演員。

這麼寫，敘述聲音的特色就出來了。「拚死幹活兒」這種說法給話語增添色彩，「勁帥」也是，不僅展現人物個性，敘述者的特色也呼之欲出。

再舉一個例子，看小說裡強大的敘述聲音是怎樣：

郝思嘉其實長得不美，可是男人很少注意到這點，他們總是被她迷住，塔家孿生兄弟便是如此。她的臉蛋混合了她母親的細緻與她父親的粗獷。這因為她母親是法國濱海貴族的後裔，父親則是臉孔紅通通的愛爾蘭人。但是這張臉非常吸引人：下巴尖尖、下頜方正。眼睛是淡綠色，不摻一絲兒棕黃。挺直的黑睫毛在周遭襯托，眼尾稍稍上翹。眼睛上面那對濃密的黑眉毛也略微往上斜，在她木蘭花似的雪白肌膚上劃出一道懾人的斜線。任何一位南方淑女若是擁有這麼美的雪白肌膚，都必然愛惜非常，極力用帽子、面紗、手套等小心保護，深怕被喬治亞州的驕陽給曬壞了。

看看這裡面，細節多麼精確詳盡，讓人覺得敘述聲音非常篤定，不僅告訴讀者郝思嘉的長相，也透露了她的家世源流，以及南方人的某些態度。這聲音客觀中立，像記者在講話，不評斷、無立場，只說明事實，可是它的語氣卻有一點聳人聽聞，甚至可說誇張：「這張臉非常吸引人」、「下巴尖尖、下頷方正」，是寫通俗劇的筆調。這個敘述者很明顯充分掌握題材，有很多故事要講。

史蒂芬．金在《魔女嘉莉》中有些片段也使用了這樣一個敘事聲音：

> 姆媽是個胖女人，總是戴頂帽子。最近她的腿腫大起來，兩腳好像要從鞋子裡迸出來。她穿一件黑色布外套，領子上鑲一圈毛皮。她的眼睛是藍色的，無框雙焦距眼鏡好像把它們放大了。她總是拿著一只黑色大包包，裡面有她的小錢包和支票本（都是黑色的），一冊大開本欽定版聖經（也是黑色），她的名字燙金印在封面上。還有一疊聖經金句紙條，用橡皮筋綁好，紙條通常是橘色，印刷模糊。

這一段文字充滿了精采細節：「兩腳好像要從鞋子裡迸出來」、「她的名字燙金印在封面上」，等等。

你也許聽人說過，好的小說是以「作者隱身」的方式寫成，意思是說敘述者像上帝無所不知，但是不應現身，聲音應維持中性。這不僅是一條偽規，而且是很不好的建議，卻常被拿來教導初學作家。我自己在《超棒小說這樣寫》一書中就曾這樣教。但剛好相反，作者（敘述者）不應隱身，麥考利和蘭寧在《小說的技術》一書中這麼形容：「敘述者這個代言人有不聽作者指揮的習慣，他喜歡表現出自己明確的個性。他非得如此不可，才寫得出最好的小說。」是的，他非得如此不可。

杜斯妥也夫斯基在《罪與罰》中的敘述聲音就透露了其個性，我們來看看他是怎麼形容主角拉斯柯尼柯夫的：

他的衣衫襤褸，換作旁人，必定不肯穿這種破衣服大白天出門。不過，本城這一區並不講究衣著。在深那亞區或乾草市場區或聖彼得堡市中心一帶，住著許多手藝人，穿著再奇特也引不來驚訝的眼光。何況這年輕人眼高於頂，雖然個性極度敏感，穿著破爛衣衫在大街上行走卻絲毫不感羞慚。若是遇到認識的人，任何他避不見面的老朋友，或許他的感覺會不同一點。可是他聽到一個路人對他指指點點，驀地停住腳。那是一個喝醉酒的男人，用嘶啞的聲音喊道：「嘿，看這人戴著德國帽！」年輕人一手扯下帽子，仔細端詳。這是一頂高冠，早年在齊默曼精品店買的，戴久了破爛了，滿布凹痕和汙垢，帽沿脫線掉落，看著完全不成樣子。可它的主人一點也不覺得虛榮受損，聽此言不覺得受辱反而很想知道怎麼回事。

這敘述者的確有上帝無所不知的味道，對人物與城市瞭如指掌，但是他的個性也透過對主角心情的悲憫描述躍然紙上：「絲毫不感羞慚……。若是遇到認識的人，或許他的感覺會不同……。一點也不覺得虛榮受損……。」這小說寫得彷彿作者跟這人熟得很，而且很疼惜他。

到後來，主角初次會見當鋪的女老闆，拉斯柯尼柯夫心中湧現殺人的念頭，把他自己嚇住了。這念頭太噁心、太討厭了，他不由得走進一家骯髒酒吧去喝上一杯：

一杯黃湯下肚，他立即鬆懈下來，頭腦清楚了。「我真荒謬！」他對自己說：「沒有什麼好大驚小怪的！那不過是身體反應！」雖然下了這樣自以為是的結論，他的臉卻亮起來，彷彿一副極大的重擔忽然放下了。他以友好的眼光環顧酒吧。

是敘述者看出主角所下的結論「自以為是」。也就是說，敘述者在評斷書中角色，這可一點也不「隱身」。

《傲慢與偏見》的敘述者同樣現身出來：

賓利先生很快就與屋中重要人物都認識了；他活潑開朗，每支舞都跳，嫌舞會結束得太早，又嚷著說要在尼日斐花園辦一場舞會，這麼親切的個性當然討人喜歡。他和他的朋友天差地遠！達西先生只跟賀斯特太太跳了一支舞，跟賓利小姐跳了一支，人家要介紹別的姑娘給他認識，他就都拒絕了，整晚剩下的時間就在屋子裡踱來踱去。

「他和他的朋友天差地遠！」這是敘述者對情況的解釋。她做了評斷，發表了意見。隱身？沒有的事。

沃爾夫（Tom Wolfe）的小說《虛榮的篝火》（The Bonfire of the Vanity）中，敘述者也沒有隱身：

> 謝曼．麥考跪在大廳，努力給他的臘腸狗栓上鍊子。地板是深綠色的大理石，一直鋪過去、鋪過去，鋪到一座五尺寬的核桃木樓梯前，樓梯富麗堂皇地彎曲向上，升到上一層。這種公寓，全紐約的人，不、全世界的人，一想到就妒火如焚。但是謝曼滿腦袋只想著如何走出這棟精美豪宅，去外面待三十分鐘。

這敘述者當然是語帶諷刺，但是他的個性也彰顯出來——「妒火如焚」。

馮內果的小說《冠軍的早餐》（Breakfast of Champions）中，敘述者不僅沒有隱身，他還堂而皇之發表意見呢：

這故事是講兩個寂寞削瘦的老白人，在一個迅速死亡的星球相遇的經過。

其中一人是科幻小說作家，名叫齊果．超特。當時他尚未成名，而他以為自己的一生已經完結，其實不然。由於這次相遇，他成為有史以來最受敬愛的人之一。

他遇見的人是賣龐迪亞克汽車的車商，名叫敦恩．胡佛。這時候，胡佛快要發瘋了。

並不隱身幕後的敘述者，光是靠他的聲音，就能引發某種沉重的氣氛。以克里夫．巴克（Clive Barker）的小說《編織世界》（Weaveworld）為例：

事無初始。

故事沒有開始的那一刻。這個故事或別的故事，都沒有起源，沒有任何一個字、一個地方作為根源。

故事的脈絡總是可以追溯到早些時候的傳奇，那些傳奇又可以再上溯更早的軼聞；然而敘述者的聲音一旦消失，傳奇與軼聞之間的連結便稀薄微弱了，因為每個世代都喜歡把故事改寫成彷彿是當代首創。

因此，異教徒成了聖者，悲劇變成笑談，偉大的愛情削弱成淺薄的感傷，魔鬼則縮小成裝了發條的玩具……

請注意，這敘述者的聲音給人一種感覺：即將展開的故事宜古宜今、氣勢宏偉而且關乎神話。

有時候，作者以敘述者姿態出面講評，會太過火。麥考利和蘭寧在《小說的技術》中就說：「現代人使用『作者隱身敘述法』，是一種反彈。因為十八、十九世紀的作家太喜歡出來打岔了。這有個說法，叫做『作者干擾』，就是說作者現身出來跟讀者聊天。」

約翰・福爾斯（John Fowles）所著《法國中尉的女人》是刻意把十九世紀的故事寫成二十世紀版本，作者就不斷出面發表意見：

山姆這時候心裡想的剛好相反；他想著他的現世夏娃到底明白多少。今天我們很難想像出生在倫敦七條通的年輕人，與偏遠地區東戴文村馬車伕的女兒，兩者間有多大的鴻溝。他倆成為一對，面臨的障礙之多，差不多就像他是愛斯基摩人而她是祖魯人一樣。他們簡直沒有共同的語言，一方常常不瞭解另一方說了什麼。

聽起來很像是作者來訪，坐下閒聊，是吧？

作者干擾有時候真的太過分，諾特在《小說工藝》中稱之為「作者的大嘴巴」。當作者議論小說裡發生的事，或乾脆預告即將發生什麼事，那就是過分。例如：

> 佛來第走了，重重摔上門，開車上路，駛往他此生最大的錯誤。

諾特會說，這是作者在「打碎幻覺」，提醒讀者他們正在閱讀「編造的產物」。

偽規與迷思

敘述者是一個角色，不論你是否以第一人稱寫作，你都應該把敘述者想成一個角色。不要聽信那些偽規，說什麼第一人稱與第三人稱的限制。其實你用第三人稱可做的事，用第一人稱同樣可做，反之亦然。

以卡繆的《異鄉人》為例，他用第一人稱醞釀出所謂的「親密感」。你一定聽說過，用第三人稱是製造不出這種感覺的。但在下面這個場景中，第一人稱敘述者來到殯儀館，他的亡母遺體正在館內停放：

> 就在這時，管理員來到我身後。顯然他是跑來的，有點上氣不接下氣。
>
> 「我們釘上蓋子了，但是他們告訴我，你到了就把螺絲旋開，好讓你看看她。」
>
> 他說著就往棺木走去，我告訴他不用麻煩了。
>
> 「啊？怎麼呢？」他喊道：「你不要我……？」
>
> 「不要。」我說。

他把螺絲起子放回口袋，瞪著我瞧。這時候我才想到我不該說不要，覺得很尷尬。他瞪了我一陣子之後問道：

「為什麼？」但是他的語氣並非指責，他只是想知道。

「嗯，我其實說不上來。」我回答。

他撚搓他的白色山羊鬍子，眼睛不看我，輕聲說：

「我瞭解。」

這段敘述很私密、很貼近，處理得很好，勾起讀者處此情況常有的彆扭和悲傷感覺。我們看看把敘述改成第三人稱會怎樣：

就在這時，管理員來到莫索特身後。他顯然是跑來的，有點上氣不接下氣。

「我們釘上蓋子了，但是他們告訴我，你到了就把螺絲旋開，好讓你看看她。」

他們一起往棺木走去，莫索特告訴他不用麻煩。

「啊？怎麼呢？」管理員喊道：「你不要我……？」

「不要。」

管理員把螺絲起子放回口袋，瞪著莫索特瞧。莫索特這時候才領悟到不該說不要，他覺得尷尬。管理員瞪了他一陣子之後問道：

「為什麼？」但是他的語氣並非指責，莫索特覺得，他聽起來只是想知道。

「嗯，我其實說不上來，」莫索特回答。

管理員撚搓他的白色山羊鬍子，眼睛不看莫索特，輕聲說：

「我瞭解。」

你說，「親密感」失去了嗎？對不起，親密感沒有失去，一絲半毫都沒有，一點渣渣都沒丟。第三人稱版本與第一人稱一樣，勾起讀者處此情況常有的彆扭與悲傷之感。

我們再來看另一個例子。先看人家所說比較不親密的寫法，第三人稱。史帝芬・金在《魔女嘉莉》中這樣寫道：

他滑過座椅去吻她，雙手在她身上用力摩搓，從腰摩搓到胸部。他的吐氣帶著菸草的馨香，身上有男用髮膠和汗的氣味。她終於推開他，低頭瞪著自己，大口喘著氣。毛衣沾上了馬路的油漬和泥土，二十七塊五在喬丹馬許店買的，現在只能丟進垃圾桶。她感到強烈的興奮，強烈到接近痛苦的地步。

好，現在我們來改寫成第一人稱，而根據某些人的理論，那樣應該會更親密才對：

他滑過座椅來吻我，雙手在我身上用力摩搓，從腰摩搓到胸部。他聞起來有菸草味、男用髮膠和汗的氣味。我終於推開他，低頭瞪著自己，大口喘著氣。毛衣沾上了馬路的油漬和泥土，二十七塊五在喬丹馬許店買的，現在只能丟進垃圾桶。我感到強烈的興奮，強烈到接近痛苦的地步。

轉換觀點一點都不難。「馨香」一詞得去掉，因為嘉莉不會使用這個詞語。

除此之外，兩個版本傳達給讀者的感覺是一樣的，改用第一人稱並沒有增添親密感。

你會說，好，可是如果第一人稱敘述者個性獨特出眾，沒法子轉換，換成第三人稱會減損了風采，怎麼辦？那，我們就來看看個性獨特出眾的第一人稱例子：

> 我的名字是戴爾・克勞二世。我告訴我的保釋官凱西・貝克，我不認為我做錯了什麼事。我去脫衣酒吧會一個朋友，等他的時候喝了一杯啤酒，一杯而已喔，也沒招誰惹誰。偏偏這個脫衣婊子走到我的桌旁，給我來上一段個別表演，我可沒請她。
>
> 「這些脫衣婊子總是先分開你的大腿，好方便靠近。」我說：「然後她們再把身子湊上你的臉。這女人叫做娥琳，我告訴她我沒興趣，她還是在我身上磨蹭，所以我就站起來走了。婊子在我後面喊著我欠她五塊錢，看門的打手就跑過來，我推了他一把，就這樣，出到外面，就看到一輛警車在門口等著。打手追了過來，在那裡揚威耀武的，所以我又給了他一下，賞他一記

好的，心想警察會看到是他先動手的。屁啦，他們把我銬上，塞進警車，根本不聽我怎麼說。接下來他們敲打他們那個小電腦你知道？一個警察就說：『歐，看哪，他是在保釋期呢，打了一個警察哩。』這不是等著我給他們好看嗎？你說這難道不是他們設下的圈套？」

看起來改用第三人稱寫法不可能不損風味？可是上面這段引文其實是改寫出來的，已出版的原文不是這樣，原文是第三人稱寫法。這一段是艾爾摩・雷納德的小說《至大鮑勃》（Maximum Bob）的開頭。

以下是艾爾摩・雷納德的原作：

戴爾・克勞二世告訴他的保釋官凱西・貝克，他不認為自己做錯了什麼事。他去脫衣酒吧會一個朋友，等待的時候喝了一杯啤酒，一杯而已喔，也沒招誰惹誰。偏偏這個脫衣婊子走到他的桌旁，給他來上一段個別表演，他可沒請她。

「這些脫衣婊子總是先分開你的大腿，好方便靠近。」我說：「然後她們再把身子湊上你的臉。這女人叫做娥琳。我告訴她我沒興趣，她還是在我身上磨蹭，所以我就站起來走了。婊子在我後面喊著我欠她五塊錢，看門的打手就跑過來，我推了他一把，就這樣，出到外面，就看到一輛警車在門口等著。打手追了過來，在那裡揚威耀武的，所以我又給了他一下，賞他一記好的，心想警察會看到是他先動手的。屁啦，他們把我銬上，塞進警車，根本不聽我怎麼說。接下來他們敲打他們那個小電腦你知道？一個警察就說：『歐，看哪，他是在保釋期呢。打了一個警察哩。』這不是等著我給他們好看嗎？你說這難道不是他們設下的圈套？」

你會注意到，作者讓主角長篇大論，好讓讀者深深陷進克勞的話語世界裡。你不服氣？這可是正當手段，是使用第三人稱又維持親密感的一種方法，其祕訣當然是讓人物自己從言談中表現出本性。不過也不一定要這麼做。比方說，在凱西的小說《水手之歌》（Sailor Song）裡，第三人稱的敘述者就毫不避諱使用村言鄙語：

烏賊比利這小渾球，惹人厭又自大，可是他當會長卻當得很好。他規畫起活動來創意十足精力無限，執行起任務來也手段高明。

所以，說什麼第一人稱比第三人稱感覺親切而且言語無拘，根本就是屁話。事實擺在眼前，小說的意涵、與讀者的親密關係、氣氛、特殊風味，不管什麼，用這兩種聲音都可以表現得一樣好。

你可能會說，剛好相反。你說，世人皆知，用第一人稱敘述法，你不能描寫敘述者不在場的事情。第一人稱比第三人稱的局限大，這是鐵打的定規。

又是屁話。

新手作家總是恭聆前輩指教，不可選用第一人稱敘述，因為第一人稱敘述者沒法子描繪他看不到的事情。其實不然，你可以描繪敘述者看不到的場景。以下是以第三人稱全知寫法的一個場景，史蒂芬·金寫的：

房子完全靜默無聲。

她走了。

在夜晚。

走了。

馬格麗特・懷特緩緩從她的臥室走到起居室。首先是鮮血流淌，還有惡魔給予的污穢幻象。然後惡魔給她的恐怖力量來了。當然，這力量來的時候，也就是流血的時候、身體長出毛髮的時候。噢，她知道惡魔的力量是怎麼回事，她的祖母就有這力量，祖母坐在窗邊搖椅上一動也不動，就可以點燃壁爐裡的火……

偽規說，如果這本書是以第一人稱（嘉莉的聲音）寫成，就不可能進入馬格麗特・懷特的腦袋，如上面這段第三人稱敘述所為。我們來看看是否真是如此，其實只須小動手腳便可。假設這小說是以嘉莉第一人稱敘述寫成，她剛剛離開了母親反對她去參加的舞會：

我一走，那房子想必完全靜默無聲了。

我知道母親會待在她的臥室裡，腦袋裡只有一個念頭：她走了，在夜晚，走了。

她會從她的臥室緩緩走到起居室，心裡想著，首先是鮮血流淌，還有惡魔給予的汙穢幻象，是惡魔給我，她的女兒的。然後惡魔給我的恐怖力量來了。當然，她會以為這力量來的時候，也就是流血的時候、身體長出毛髮的時候。她以為她很清楚惡魔的力量是怎麼回事，她自己的祖母就有這力量，她還記得看見祖母坐在窗邊搖椅上一動也不動，就可以點燃壁爐裡的火……

小說的意涵、氣氛、親密感、人物個性等等，都傳達給了讀者。可見，不論你選擇哪種敘述聲音，都不受觀點的限制，也不用做任何一丁點犧牲。除非你選擇的第一人稱敘述者沒有很好的觀察能力和自省能力，或者說話平淡乏味，或者故事還沒完就死掉了，那另當別論。

我要說的當然是，不管你選擇哪種觀點和聲音，你應該把這觀點和聲音發揮到極致，而不是感覺受到它的限制。有的作家對某種聲音有天生的偏好，另外也要考慮到小說的類型。硬漢偵探小說通常是第一人稱、硬漢的聲音；羅曼史則差不多全是第三人稱，花俏的、誇張的聲音。

作者自我鍛鍊：開發你的聲音

身為作者，與寫作技巧同等重要的，是擁有宏亮的聲音。宏亮的聲音能讓版權經紀人與編輯都肅然起敬。

嘗試開發宏亮的聲音，或甚至只是瞭解到需要一個宏亮的聲音，通常都不是新手作家的能力所及。新手作家連聽到說話的聲音都難。

原因很簡單。新手作家大概都受典型美國教育之害，只從課堂上學到如何寫論文。那像是一件鐵背心，心靈一旦套上這緊身箍，除非使上極大的勁，否則就沒法掙脫。

你四年級、五年級、七年級或十二年級，甚至進入大學以後，寫報告總是注意文法和起承轉合，內容方面你頂多只注意是否切題。

沒人告訴你寫文章要有一個好點子，也沒人提起應該使用宏亮而有趣的聲音。你的人格特質泯沒在寫作素材之中。如果你在期末報告中寫著「哎呀我的老天」，老師會用紅筆槓掉，因為這是俚俗之語；至於像「介面」這種字詞則被批評為「術語」；如果你膽敢說點老實話，批評老師出的作業（試比較《白鯨記》

中的鯨魚與《紅字》中的A字之象徵意義）膚淺無聊，你鐵定被當。

你引用別人的話來佐證自己的意見，老師就嘉許你；你對老師的觀點舉雙手贊成，並且用最笨最呆最無趣最死氣沉沉的學術風格來寫，你就會得高分。也就是說，課堂報告的成績，完全看它有多接近標準論文——有條有理、文法正確、沒有生命。

很慚愧，我也曾短暫在大學裡教過這種寫作。我的上司告訴我，論文講了什麼並不重要，但不可帶有粗俗字眼。這一來很多精采有趣的字詞都不能用了，況且，如果寫了什麼不重要，那又何必寫呢？如果作者的人格特質被扼殺，寫作又有何意義？教育機構的這種態度造成乏味的文字充斥，妙文佳作則如阿爾卑斯山上的蘭花，稀奇罕見。

我們都深怕拿難看的成績單回家，所以我們就拚命討好老師，當老師的應聲蟲，作業照老師喜歡的寫，心中有疑問也不敢提。在作業中表達個性的方法通常就是盡快完成，這樣可以向朋友吹牛說：「他們要我做的，我都做了，我只花了三小時就寫了二十頁。」

現在你要寫小說了，你得要讓心中的獅子出閘，讓牠怒吼。

學習獅子吼，首先得仔細研究敘述聲音宏亮的作家，看他們是怎麼做到的。把他們的作品段落逐字逐句抄下來，然後模仿著寫。每天做這練習，很快你就能用六、七種聲音寫作。

然後練習用不同的聲音寫同一個段落。

下面的例子是一個小說段落，他的寫作方式可說是標準間諜小說的模式，用的是中性聲音：

畢格斯那天到得早，坐進他在第四區的小隔間，先拿起昨晚送來的開羅郵包拆閱。差不多都是老套：王牌二號正在跟蘇聯領事館的一個職員討價還價，希望取得某種火箭科技，他請求多發些錢；編制內解密員請求休假一個月；裝設在埃及國防部的竊聽器被蘇聯那個雙面諜破壞了，請求修復。

大部分的請求他都核可，然後送呈上司決行。接著他動手寫一份給亞歷山卓情報站長的備忘錄，告訴他敘利亞外海航空母艦群的動向被洩漏給新聞界的事。電話響了，是希爾森的祕書打來的，請他立即到副局長辦公室參加緊急會議。他不知道老頭何事緊急，但他感覺如硬球般的一股恐懼，在腹中滋生。

現在我們試試看用不同的聲音來講述這一段。間諜小說常常用冷嘲熱諷的語氣來寫，這樣的敘述聲音似乎增添了層次：

畢格斯那天到得早，坐進他在第四區的小隔間，先拿起昨晚送來的開羅郵包拆閱。都是老套，畢格斯想。王牌二號正在跟蘇聯領事館那個貪財的職員討價還價，希望取得某種火箭科技，他請求多發些錢。一個編制內解密員請求休假一個月去馬霍卡島度假，他說不定在那島上就把火箭科技賣回給蘇聯。裝設在埃及國防部的竊聽器被蘇聯那個雙面諜破壞了，請求修復。這些埃及人喔，真是麻煩，畢格斯想，換邊跟換襪子一樣頻繁。

大部分的請求他都核可，然後送呈上司蓋章如儀。接著他動手寫一份給亞歷山卓情報站長的備忘錄，告訴他敘利亞外海航空母艦群的動向被洩漏給新聞界那件惱人的事。電話響了，是希爾森的祕書冷冰冰的聲音，請他立即到副局長辦公室參加緊急會議。他不知道老頭何事緊急，但他感覺如硬球般的一股恐懼，在腹中滋生。

同樣的段落還可以寫成第一人稱：

那天我到班早，坐進第四區那個老鼠洞似的小隔間，先拿起昨晚送來的開羅郵包拆閱。都是老掉牙的那一套，王牌二號要求更多經費，買通蘇聯領事館那個貪心的小渾球，夢想著出售他自己國家的火箭機密可以讓他發大財變成洛克斐勒。然後是一個編制內解密員請求休假一個月去馬霍卡島度假，恐怕他在那裡就會把他的國家出賣給保加利亞人。還有裝設在埃及國防部的竊聽器，又被蘇聯那個雙面諜破壞了，再度請求修復。那傢伙，若給我抓到，一定要把他碾碎，丟進尼羅河底跟泥巴漿攪作一團。

好吧，大部分的請求我都核可，然後送呈上司，他會看也不看，如擬蓋章。接著我動手寫一份給亞歷山卓情報站長的備忘錄，告訴他敘利亞外海航空母艦群的動向被洩漏給新聞界那件該死的事。電話響了，是希爾森的祕書，她說我得立即到副局長辦公室參加緊急會議。她的聲音嚴寒如冰，我猜不出老頭何事緊急，但我不知怎的，感覺如硬球般的一股恐懼在腹中滋生。

像這樣，把同樣的內容用不同的敘述聲音一遍一遍講，能幫助你增強音量，並且發展出新的、不同的聲音。

所以，說到底，是敘述者在講故事給讀者聽，把故事開始前發生在主角身上的事講得活靈活現，說明各個角色的背景資料，並且點破故事中的深層意涵。作者和讀者之間能否建立契約關係，敘述者的態度和觀點是重要關鍵。什麼是作者與讀者之間的「契約」關係?我們在下一章會細談。

7

答應給讀者的，絕不可食言

基本上，一本小說可視之為一個承諾

契約的意思很簡單，它是相互的承諾。甲方承諾某事，而得到某種回報；乙方亦承諾某事，並得到某種回報。你買房子，承諾給賣方金錢，得到房子；而賣方承諾給你房子，他得到金錢。事情就這麼簡單。

房地產買賣契約是一種正式的契約，婚前財務協議是正式契約，分期付款合約也是。

非正式的契約同樣需要遵守。比方說，你跟牙醫約好時間，雖然雙方都沒簽字，但你同意那個時候去受罪，他則同意在那個時候給你罪受。

你寫小說的時候，就跟讀者簽了契約，這契約最基本的部分是：你答應給讀者看一本超棒小說，而讀者付錢來買你的小說。但作者與讀者間的契約內容不僅如此而已，還有更多更複雜的面向。

除了小說本身要超棒，作者還得滿足讀者的預期心理。因為在翻開書頁之前，讀者已主觀將你的小說分成下列三類：類型小說、主流小說或是文學小說。

類型小說

類型小說有時候被稱為「通俗」或「垃圾」小說，通常是小開本，平裝印刷（雖然偶爾也會有精裝本）。開本小，正適合超級市場或便利商店的貨架，而書店則通常把它陳列在後面，一排一排按照類型分別擺放：推理、科幻、奇幻、恐怖、羅曼史、黑色、西部、政治驚悚、科技驚悚、歷史、男性探險等等。

讀類型小說的人，是想要讀一個精采故事，把閱讀當成一種娛樂。如果你寫這種小說，你與讀者之間的契約有一條就是，你的小說要符合這類型約定俗成的模式。比方說，推理小說一定會有兇殺案發生，會有人抽絲剝繭找出真相，最後兇手一定會受到法律制裁。

有的類型，例如羅曼史，不僅是依循模式，根本就有固定公式，出版社甚至會交給作者一份清單，列舉公式中的必備元素。例如女主角必須芳齡二十三或二十八，頭髮必須是金色或褐色，在職場上能力超卓，但是財務狀況不佳；男主角則必須是三十二或三十八歲，很有錢，頭髮深褐色或黑色。清單上還會規定男女主角一定要先兩情相悅才能發生肉體關係。這些公式既明確又嚴格，你如果為這個市場寫作，就一定要照表操課，不可偏離。

若是出版社沒有提供這份清單，那麼學會類型模式的最佳方法就是讀上幾十本你想寫的那類型的書，你很快就會琢磨出其中要件。比方說，間諜驚悚小說通常都以第三人稱寫作，包含好幾種觀點，故事會發生在全世界好幾個地點，間諜會以奇特的手法蒐集情報，過程中不惜殺人、下毒、綁架等等。而這些人當間諜是為了盡忠報國，表面上尖酸刻薄，內心其實充滿理想；他們是現代騎士，騎馬出征去屠當代惡龍。男女主角面對的是大奸大惡，之後常常必須阻止壞人發動國際規模的陰謀。

當然，這些模式並非一成不變，它們只是標準模式，可以變通甚至違反——這和公式不同，出版社會嚴格執行公式，沒有通融的餘地。

要學模式，除了讀上一大堆小說之外，在美國，你還可以參加此類型的小說作者團體，他們會舉行工作坊或研討會。美國也有好幾種雜誌專門討論類型小說的寫作，比方說我就訂了《推理現場》雜誌，裡面有很多實用資訊，幾乎所有的文章都是頂尖推理小說家寫的。

主要類型下面還可以劃分成次類型。光說羅曼史，就有超過一百種次類型。

推理小說則可分為：輕鬆幽默型、血腥暴力型、溫和動作型、無辜者涉險型、搞笑推理型等等。在驚悚小說裡，有漫畫式的國際驚悚類，也有嚴肅的國際驚悚類。佛萊明（〇〇七系列的創始作家）寫的是漫畫式，勒卡雷寫的則是嚴肅型。讀者期待你遵守次類型的傳統，也期待你維護整個類型的規範。例如，在血腥暴力型的推理小說裡，男主角不妨對壞人下毒手報復私仇，但是在輕鬆幽默型或溫和動作型裡就不行。

主流小說

主流小說的規範不像類型小說那麼嚴格，主流小說可能是精裝，也可能是小開本平裝。新出版的主流小說通常在書店裡販售，放在店前門口，通常堆成一大落或放在特製的展示立架上。出版社常常花大筆銀子為主流小說盛大宣傳。

主流小說有時候挺華麗通俗，主角出入高級轎車、過上流生活。華麗的小說通常把場景設在蒙地卡羅或白金漢宮或墨西哥里維耶拉，裡面人物的野心都寫在臉上。

主流小說也可能寫的是移民經驗，例如法斯特（Howard Fast）與譚恩美的作品。移民經驗指的是來到美國所受到的文化衝擊，美國人愛看這種小說，因為可以從別人的眼中看自己。

主流小說中很重要的一部分是所謂的「女性小說」，通常會講到婚姻問題、離婚與外遇，或是母女關係。有時候這類小說的頭版就以小開本平裝出售，表面上看起來像是類型小說，但其實不是，因為它們沒有固定規範，不需遵守公式。

類型小說大致都是善惡對抗的故事，但主流小說在倫理道德上卻往往比較寬鬆曖昧。主流小說裡的人物比類型小說來得真實，有血有肉，例如描寫偵探的主流小說會講到偵探在家中與妻子兒女相處的情況；類型小說會專注於謀殺案的調查過程，主流小說卻會顧及（比方說）偵探與老婆之間的衝突。

主流小說通常人物繁多，主角多半受過良好教育，還往往是長春藤名校畢業。主流小說的閱讀樂趣之一是故事背景，通常是在一個令人欣羨的閃亮行業：高級金融業、走在潮流尖端的服裝設計業、或者是攝影師，諸如此類。主流的人生是快速道的人生，裡面的人物都滿口袋的鈔票，主流小說的結局幾乎都是皆大歡喜。

有些類型小說的作者表現優異，突破類型框架，因而被歸類為主流小說家。蘇．葛列夫頓（Sue Grafton）、羅伯．派克（Robert Parker）、狄恩．庫恩茲、湯姆．克蘭西（Tom Clancy）、丹妮愛．史蒂爾（Danielle Steele）等人都是寫類型小說，卻都突破界限，被當成主流小說家來行銷。

古代傳奇與歷史小說有時候被歸類為類型小說，有時候又算作主流小說。常有人建議類型小說作者寫歷史小說或古代傳奇，因為這是突破界限進入主流的一個方法。

文學小說

有人以為文學小說沒有成規，其實不然。你寫文學小說，就是寫給文化菁英看的，而他們最期待讀到優美的文字。你寫主流小說或類型小說，副詞用得太多或詞句拖泥帶水，都可以蒙混過關，可是文學小說牢不可破的成規就是文字要平滑如絲，行雲流水。

意識流小說如福克納的作品、討論生之絕望的存在主義小說，以及其他滿載哲學意味的小說，都曾高掛文學小說的榜單，但現在已不流行。一九八〇年代流行的一種文學小說叫做「魔幻寫實」，模仿南美洲寓言作家的名作。描寫社會底層生活的小說仍受歡迎，講郊區生活糜爛不堪的小說也還有，講少數民族在美國生活的小說也賣得不錯。後設小說已經退潮；後設小說是自我意識小說，也就是說，作者並不假裝故事是真的，而說明那是幻象。

文學小說的種類不是那麼確定，如果你要寫，最好先做點研究，弄清楚你想寫的種類是否當紅。紐約時報週日版的書評和紐約書評雜誌可以看看，它們對什麼流行什麼不流行相當敏銳。

文學小說是以精裝本或高級平裝本上市；高級平裝本的開本與精裝本一樣大，只是外殼是軟的。美國的文學小說絕大多數都不是在紐約出版的，而小出版社、地區出版社以及大學出版社都賣文學小說賣得很好。

承諾之外仍存在的束縛

你的讀者從書的開頭就會想猜測你這本小說的前提。你若遵守讀者契約，就應該證明前提，正如麥考利和蘭寧在《小說的技術》一書裡所說：「任何小說的第一階段，最重要的就是作者在此提出承諾。一本好的小說會兌現承諾，作者應該完全掌握他的構思，而不是隨意漂流卻寄望抵達彼岸。」

讀者會從一開始就看出一本小說是關於，比方說愛和其他的什麼主題。也就是說，為了履行你的契約義務，你得透露小說的主題給讀者，至少透露一點，而前提的其他部分可以晚一點再逐漸揭露。讀者閱讀時會想：「啊，這是一部愛情小說，且看看主角的愛情會受到怎樣的考驗？」若看到愛情將受到愛國情操的考驗，讀者就知道了前提的第二部分。如果主角戀愛對象的家人反對這段愛情，讀者就猜想這本小說是關於愛情戰勝一切阻攔，或是無法克服諸多困難。不論何者，契約已經簽訂，作者要證明前提，讀者等著要看。

故事的主要類型已定，契約的下一部分是關於故事該怎麼寫。以本書為例，雖然不是小說，但我跟讀者之間也有契約：我承諾要給讀者很多很多關於寫出超棒小說的手法；我承諾要用直接、簡潔、清楚而且幽默的方式提供這些資訊。

讀者契約中還有其他條文，是關於小說的形式。

假設你的小說前半部是以第一人稱敘述，就像柯南・道爾的《福爾摩斯探案》系列，是以配角華生醫生為敘述者。可是故事寫到一半，你想要讀者明白反派莫里亞蒂教授心裡在想什麼，你覺得讀者如果不知道莫里亞蒂打什麼主意，就構不成懸疑，福爾摩斯往後也沒法解開謎團，因為太複雜了，連他那顆絕頂聰明的頭腦也不夠用。

所以怎麼辦？你可以用筆記或日記的方式來透露，這樣就不會違背你與讀者簽定的契約。可是莫里亞蒂教授絕對不會寫下筆記或日記，這種白紙黑字的東西萬一被人發現，會成為對他不利的證據。

於是你決定在這一部分採用第三人稱敘述。但這樣一來讀起來很彆扭，完全違反了作者與讀者的契約，讀者會覺得遭到背叛。

處理這問題的一個方法是改變小說的形式。小說可以拆分成章，每章可長可短；每章又可分節，每節各有編號或小標題；幾章又可合併為一部或一卷什麼的，有時候各部也沒有部名，而只以大寫數目字標示。

假如你計畫先以第一人稱敘述，到後面要改成第三人稱，你就乾脆把後面部分標示為「卷二」，這樣一來，讀者就可以接受你改換成第三人稱敘述。根據小說寫作的慣例，進行到下一卷時，契約可以修改。

同樣的問題還有另一個處理方法，就是在書的開頭不久就插進一段短章節，以第三人稱敘述莫里亞蒂的觀點，這樣就把轉換觀點寫進契約的條文裡了。等到後來又轉換成華生醫生第一人稱時，讀者就不會感到彆扭。

史蒂芬．金把《魔女嘉莉》分成兩部，第一部取名「血的戲弄」，第二部叫做「舞會之夜」，不過他並沒有在第二部修改與讀者的契約。「血的戲弄」開篇是一則報紙新聞，描寫朗朗晴天忽降石雨，落在嘉莉家的房子上，接著第三人稱全知敘述者上場，告訴我們天降石雨的意義。我們可以很快看出，這第三人稱的敘述主要是從嘉莉的觀點出發，但是作者有權隨時改用其他觀點。其後作者就穿插了幾個段落，摘錄天降石雨事件之後其他人所寫的書的片段，這些段落與主敘述分開處理。

摘自《陰影爆炸：採自嘉莉・懷特事件的具體事實與明確結論》，康格里斯著（杜蘭大學出版社一九八一年出版），第三十四頁：

不容否認，由於沒有注意到少女懷特早些年就發生過明確的通靈事件，所以懷德與史登在其論文〈通靈：特異功能〉的結論中說，移動物體的能力……

作者又摘錄了其他的書，如《奧氏通靈現象辭典》和《我的名字是蘇珊・史奈爾》，還有說是刊載在《老爺雜誌》和《科學年鑑》等刊物上的文章片段。

打從一開頭，作者就讓讀者看出這是怎樣的一本書，會以怎樣的方式講述。他自始至終貫徹不移。

《亂世佳人》全書分成五部六十二章，全是以第三人稱全知觀點敘述，大部分（但非全部）是從郝思嘉的觀點出發。從一開始就很清楚，這是郝思嘉的故事，用多采多姿、略帶誇張的文字，以快速的步調前進。契約已成，始終遵守。

假設在書的中段，比方說，發生了靈異事件，讀者契約就違反了，因為這不是那樣的故事。或者，書裡忽然有一大段在思考生命的意義，或者在第四百四十八頁忽然敘述起白瑞德在海上打仗，或者情況忽然變得很卡夫卡、很荒誕或很搞笑，契約也就違反了。馬格麗特·米契爾答應給讀者什麼，她就給讀者什麼。

卡夫卡也是徹頭徹尾的卡夫卡式。在《審判》中，他從頭就是卡夫卡風格，這是他與讀者簽定的契約。書一翻開怪事立刻發生：第一頁就看到一個陌生人出現在K的臥室，還有，主角竟然沒有名字，僅僅被稱為K，這也夠怪了。《審判》是以第三人稱、有限度全知觀點寫成，敘述者瞭解K的想法，但不瞭解幕後發生的法律糾葛。當然，這故事的重點就是沒人知道法律是怎麼回事，所以敘述者若全知就減損了衝擊力。文字風格是直白無華的，正適合故事的奇異內容。卡夫卡謹遵契約到最後一字。形式上，書分章，各有章名，彷彿每章是檢驗K的人生某一面向。

克蘭恩在《鐵血雄師》中，當他不站在主角觀點時，採用的是客觀觀點，也就是遠距離的第三者觀點；但是當他站在主角觀點的時候，他改用親近的第三人稱觀點。杜斯妥也夫斯基在《罪與罰》裡面使用全知第三人稱，「敘述」和「展現」兩種手法交互使用，正適合他的道德說教。而你正在讀的這本書所引以為例的作品，其語調、風格、觀點與敘述態度都是一以貫之的。

不可靠的敘述者

在本書裡所列舉為範例的小說，全都是以「可靠的」敘述者聲音寫成，與讀者的契約是：事情怎麼發生，作者就怎麼描述，作者沒有弄虛作假。

不過，敘述者基於講故事的藝術本質，一定會保留一些事情不告訴讀者。比方說，敘述者早就知道故事的結尾，卻瞞著不說，偏要把故事按部就班娓娓道來，讓讀者感覺好像親眼見到事情在他眼前發展開來。敘述者只講讀者需要知道的、已經發生的事，而不提即將發生的事。這是標準作法。

但是如果該說的不說，那就嚴重違反了標準的讀者契約。不過，有時候這麼作可以得到讀者原諒，尤其如果全書只有這麼一次的話。例如，一本科幻小說的開頭可能以第一人稱談論某個美女，敘述者表示很想跟她勾搭上，讀者卻到後面才知道原來這敘述者是一隻蜥蜴。

在故事開頭利用這樣的設計來吸引讀者，可以。但是你若一再這麼作，讀者會覺得你違反了讀者契約，就會放下書不看了。

另一方面，你倒是可以跟讀者挑明，敘述者完全不可靠，讀者得自行判斷到底發生了什麼事。一個例子是福克納的小說《聲音與憤怒》（The Sound and the Fury），正在旁觀高爾夫球賽的敘述者班吉是個弱智，而閱讀的樂趣就是體驗弱智的腦袋是怎麼想的。雖然明知敘述者所言不可靠，我們還是樂於閱讀。

不可靠的敘述者不一定要是弱智或精神失常，他可能只是偏見很深：

> 老實說，我並不反對福里人搬到我家隔壁。說真的，我有些好朋友就是福里人。其實他們剛搬來的時候，我還過去打招呼，叫他們不要把車子停在我家前面，因為有時候我的朋友來，要停在那裡。我沒有說一定不可以，但是我看得出他們不高興我這麼說。福里人很難搞。
>
> 才搬來的第一個禮拜，他們就過來抱怨，說我兒子把蘋果丟到他們後院。我回答：何不拿來做蘋果派？我是開玩笑的，可是福里人開不起玩笑，一點幽默感都沒有……

雖然說這個敘述者很不可靠，描述充滿偏見，但是讀者看得出真實的情況。這沒有違反作者與讀者的契約，因為敘述者從頭到尾都不可靠。即使讀者剛開始沒看出敘述者不可靠，這也沒有關係，只要不是作者一直到最後才讓讀者發現敘述者不可靠，而且帶著愚弄讀者的味道就好。讀者不喜歡被愚弄，你做這種事，他們會寫信來臭罵你。

公平對待讀者

根據你與讀者的契約，你有義務公平對待讀者。這意思是說，假如你寫的是推理小說，你要給讀者相當的機會比偵探先看出玄機，也就是說，所有的實情、線索等等，都提交給了讀者。

如果你寫的是羅曼史，雖然我們都知道要讓一對情侶分隔乖離，故事才會更好看，但是你得要給他們非常好的分隔理由。如果兩人之間有誤解，這誤解就必須合情合理。

你所創造的故事必須完全逼真，才算是遵守契約。你要勤作研究，不要像本書前面提到的，沒有作足夠研究就來寫的農夫故事，這樣子沒辦法描繪出農場的景況。

如果你寫懸疑小說，不可不用腦袋，安排出「閣樓笨蛋」之類的人物情節，因為那等於欺騙讀者。（「閣樓笨蛋」之名來自於一九五〇年代的一部恐怖電影，女主角獨自在陰森古宅中聽到閣樓傳來奇怪的聲音，偏偏要傻呼呼拿著蠟燭上去一探究竟，這完全違反常理。）想要寫出超棒小說，你必須讓筆下的人物隨時隨地發揮最大智能，也就是說他們不會傻哩呱嘰或反覆無常，除非他們被人下了藥、喝醉酒、腦子受傷，或者他們就是這樣的人，這麼寫是為了營造喜劇效果。

巧合與驚喜也要慎用。為了製造喜劇效果，你可以安排一次巧合，或者整個故事就是因為一個巧合而展開，但在這之後巧合不可以一再發生，否則就是違反了讀者契約。驚喜指的是由作者出面幫筆下人物解決困難，例如你有一個角色破產了，結果最後在一個舊鞋盒裡發現六年前阿姨送給他的聖誕禮物，美金一百元。絕對要避免製造這種驚喜。

讀者契約裡有個重要條文，規定你得讓筆下人物遭受挑戰，而他們要憑自己的能力去迎接挑戰，產生結果。身為作者，你就像是在一場球賽裡同時打正反兩方，光是創造出有意思的人物還不夠，你得製造出有意思的障礙讓他們去克服，用有意思的方法克服。

說到這裡就得談到，最違反契約的一個作法就是陳腔濫調。讀者買一本小說，他認定書的內容是新的，不是資源回收再利用，因此不應該有陳腐的故事、陳腐的人物、陳腐的文字。當然，作者沒辦法完全避免陳詞舊料，但是為了維護契約精神，你應該發下血誓，在你的超棒小說出版前，會使出你吃奶的力氣，把陳腔濫調都拋盡。

你也要發誓避免俗濫。

俗濫跟通俗不一樣。通俗劇裡的人物活潑帶勁，所處的情況與真實人生相去不遠；而俗濫劇中，人物是被作者操縱，而非自動自發、依據合情合理的內心需求行事。比方說，卑鄙的阿鞭沒來由地把可憐的寶林綁在鐵軌上，他這麼做只是因為作者要他這麼做。

寫得好的話，你的故事應該是經歷一連串小高潮推進到大高潮與結局。在結尾處讀者最容易被懶惰的作者欺騙，那就是作者不肯多花腦筋好好營造戲劇效果。

新手作家常犯這個毛病：讀者期待看到主角與反角的大對決，可是到頭來根本沒有大對決，故事好像蒸發了。這是最常見也最嚴重的違反與讀者契約的行為。你答應了要給故事一個精采的高潮和結局，你就得要給，這是你的義務。

好了，你學會了讓讀者進入你虛構的另一個時空，你讓你的小說充滿懸疑，裡面的人物很有意思，你也知道怎麼根據一個強而有力的前提建構故事，並且遵守你與讀者的契約。你已經準備好動手寫你的超棒小說了，何不就開始寫呢？

且慢！

開始之前，你得小心別犯下致命的七大錯誤。這七大錯誤是什麼？我們下一章再講。

8

橫亙在作家生涯的七大致命錯誤

錯誤一：膽小

皮頗士在《專業故事作者手冊》中寫著：「小說作者是……奮不顧身抓住今日的狂歡或災難，回頭結合歷史教訓，然後設法將一切所見所聞創造出傳說，令讀者或興奮不已、或開懷暢笑、或得到寶貴啟發、或感動至情難自禁。這種行業，非懦夫所能為也。」

在成長的過程中，「懦夫」這兩字從來就跟我沾不上一點邊。

小時候我常跟兩個瘋子去滑雪（我父親稱他們為「損友」），腳不煞車飛越樹林，有時候滑在結了冰的山道上，有時候乾脆在夜間滑行，不管前方是轉彎、陡坡、還是一撮雪都無所謂，因為反正看不見。因此我常跌得超慘，屁股比火燒還要痛。

夏天是滑水的季節，我愛站在別人的肩膀上，從湖面直飛衝進我家前院的草地；踢沙灘足球時我從來不綁護膝也不戴安全帽，還有一樣好玩的事是跟我老姊打架，她體型是標準的人猿泰山。

高中畢業後我進入潛艇製造廠，頂著可以把人烤焦的太陽工作。廠內安全性一直是個問題，不時掉下來能讓人頭破血流的重物，船艙的糞箱奇大，人若失足摔進去絕對會窒息。可是我從來不在乎，管它去死！

而當我第一次參加寫作班時，我已經結婚了，有兩個小孩，在一家保險公司當理賠員，一天到晚被人吼叫，受人恫嚇，偶然還有惱怒的客戶動手揍我。可是嘿，傅瑞就是皮厚肉粗，誰能奈何得了我？

但是，當我在寫作班裡念我自己寫的五頁短篇小說時，沒念幾個字，便開始喉嚨沙啞，嘴巴發乾，全身顫抖。再之後當班上同學討論我的作品時，我感覺胃在緊縮，汗流浹背，皮膚發冷，眼冒金星。我們那班的講師，是個板子絕不會高高舉起輕輕落下的傢伙，他的每一句批評，都像一記重拳，打得我屁滾尿流。

舉個例子，在某次寫作班中，他給我的書面批評如下：

親愛的傅瑞先生：

你交上來的這疊紙唯二長得像小說的地方，就是同樣都是由字組成句子，而且純粹出自想像，毫無事實依據。此外，在我看來，它剩下一點與小說相同之處，就是有個開頭、有個結尾，沒了。首先我要問：你的故事裡亨利的岳母死而復活，接續她死前未完成的、督導亨利走上正途的任務，這對他有何影響？？？？？為什麼在整個囉哩囉嗦的七千五百字裡，他什麼都沒做，光躺在那裡發抖？他岳母又幹嘛要從棺材裡爬回來？傅瑞先生，你似乎認為你找到一個可能有趣的點子，充滿黑色恐怖和神祕事件，但你沒有。我讀完全篇，打從那死掉的老女人穿牆而入，亨利發出第一聲尖叫之後，故事就再也沒有進展，而讀者對亨利也再無任何更多瞭解……

懂了吧。承受如此的批評令人非常痛苦，即使勇者也會因此倒地不起。

寫作班的一位同學後來告訴我，她常常在苦難結束後進廁所裡吐。現在她是得過獎的劇作家，有幾十篇短篇小說刊登在主要媒體上。

另一位同學當場落跑了，但是一年後又回來，之後也賣出二十幾本書的版權。還有一位同學說，每次他在班上朗讀自己的作品，都覺得嚇到想尿褲子，後來他出版了幾本小說，又靠賣故事點子給電視台賺了大把銀子。

吃得苦中苦，方為人上人。如果寫作班裡的批評有道理，即使再苦，你都得吞下去，你得眼睜睜看著你的自尊被切成一片一片。

很多人受不了。嚴厲寫作班的輟學率往往高達八、九成，為什麼？因為接受批評太過煎熬。面對一群創作者朗讀自己的作品，然後靜聽他們告訴你，你的文字怎樣軟弱或含糊，你的人物怎樣平板，這實在很傷，但是要學會工夫，這是唯一的道路。

膽小的作者往往從一個寫作班轉到另一個寫作班，希望能碰上個比較不兇的講師。他們不敢面對直率的批評，所以轉而尋找他們能承受的評語，這當然找得到：只要進入「吹捧」團體，就鮮少有人會發出批評，即使有，力道也很輕柔，讚美則遍地開花。但這樣一來，寫作生涯就毀了。

那怎麼辦？想當作家就要有膽。你得克服自己的怯懦，勇敢面對嚴謹的寫作班。練膽的方法之一是硬著頭皮，參加一個認真的團體，一有機會就把你寫的東西念給大家聽，然後坐在那兒接受批評。很快你就會明白，學員是在討論你的故事結構，不是批判你，更不打算摧毀你的自尊。你的作品還在琢磨的階段，你需要別人給你意見好改進，使其更有力、更簡潔。你只要撐下來一次，下一次就知道該如何應對了。

你可以用幽默來應對，但注意，千萬別解釋你為何這麼寫。若被問到這類問題，就丟個「女主角的機靈讓我著迷」之類的不痛不癢回覆，或者乾脆答「還是讓故事說明一切吧」。絕對、絕對不要為自己的作品辯護或解釋，絕對、絕對不要與批評者辯論或唱反調。是你請人給你批評指教的，你沒有權利抱怨。不喜歡別人的批評沒關係，這是你的故事，你要怎麼寫是你的事。

漸漸地，你會發覺自己的寫作技巧改進了，批評的聲浪降低了，到後來，對於你的作品，大家只能讚嘆：「哇！」

同樣地，在面對自己的作品時，創作者依然不可以膽怯。

你不能怕寫衝突強烈的劇情，不能怕選擇會觸怒某些人的題材，更不能害怕在創作的過程中，自己內心產生太多的激情。膽小的作者往往也不讓筆下人物接受挑戰，這是因為作者想要寫自己的處境，想要透過筆下人物來解決他自己的問題，結果人物僵硬了，不聽使喚，這種現象就跟真實的人想要解決問題時忽然手軟是一樣的情況。你不能手軟，手軟就講不了好故事。

寫作上的另一種膽小是不願冒風險。

我寫驚悚小說和推理小說，有時候我會寫到壞蛋堵上了好人，然後呢？壞蛋要對好人施以殘酷卑鄙的手段。很多寫作同行都告訴我，這麼安排大錯特錯，看到主角的哥兒們受到虐待、被截肢或殺害，讀者會反感，我聽了很驚訝。希區考克並不畏懼讓珍妮•李在淋浴間被砍死。如果他退縮，哪裡還有《驚魂記》這樣的經典名片？

史蒂芬．金從不退縮。

我說的還不只是傷殘。《戰地春夢》（A Farewell to Arms）的結尾，女主角非死不可嗎？《戰地鐘聲》的結尾，男主角一定得死嗎？當然不一定，但是想要讓讀者情緒激盪的話，必須製造悲劇情境——悲劇，或是血淋淋，或是恐怖，或是什麼其他的東西。你不能退縮。想做超棒小說家，你不能膽小。

不要怕嘗試新段子。

舉個例子，假設你不好意思寫性愛場景，你可能打算改成這樣寫：

　她注視著他的深藍色眸子，深深吻了他，感覺那親吻令她的腳趾尖都酥麻。他推開了一下，頭轉到一邊，說：「性急的小東西，真的想要？萬一妳老公等下回家了呢？」

　「他週六才會回家，週六。在那以前，我是你的，全身上下屬於你，百分之百都是你的。」

「那關燈吧。」他說著，伸手摸電燈開關……

第二天早上八點她醒來，發現莫提摩已經走了。

以上這段，怎麼讀都像慘遭誤刪的小說，而且被刪的還是最令人血脈賁張的部分。

膽小的作者因為不敢寫困難場景，因而往往改成回顧過去。回憶是美好、舒適而且溫馨的，「現況」則是充滿衝突與緊張，作者於是退到回憶之中逃開眼前的風暴。避免衝突是膽小作者常用的手法。

小說家還常不敢面對自己的情緒。假如你曾經遇過什麼事讓你非常尷尬，現在你寫小說寫到主角即將面臨難堪場面，你就回想自己當年的難堪。其實這是很好的機會，讓你可以充分認清這段經歷，所以不管多痛苦都把它寫下來。

你會說，是啊，說來容易做來難。

的確，很難做到。但是如果你想成為超棒小說家，你得要做到。

克服怯懦的第一步，是怯懦時體悟到自己怯懦了，立刻想辦法糾正。有時候只要問問自己是否要逃跑了，就能讓自己止步、轉身，面對讓你膽怯的衝突。

不過作者們不僅逃離衝突，他們也躲避編輯和版權經紀人。

我當年剛寫完第一本小說，就接到如下的勸告：去書店，找跟你寫的類似的書，記下是哪些出版社出了這些書，回去打電話給這些出版社，請轉接編輯部，說你想跟這本書的編輯說話。編輯接起電話之後，告訴她或他，你喜歡他編的那本書，說你寫了一本類似的，問他們願不願意看一看，十之八九他們會說願意。

我聽了這建議嚇死了。什麼？打電話給天上神祇？跟他們講電話？無名小卒傅瑞我？

直到後來，參加過好些作者大會，認識了好些紐約的版權經紀人和出版編輯，我才醒悟，編輯做了編輯、經紀人當上經紀人，就是因為他們大都沒能成為作家，而沒當成的原因則是，他們沒膽面對空白稿紙，害怕接到退稿通知。

他們並沒有神力。事實上，他們多半只按部就班做事。你打電話給他們，他們也不會透過電話線擲下雷霆閃電把你燒成灰。相反地，他們會佩服你的膽量。因為他們知道，一個有自信的作者，多半是個不錯的作者。

在書店裡的時候，你可以順便瀏覽新書專櫃，看看有沒有魚目混珠、瞞住天神耳目得以出版的壞書。你會很驚訝發現，有一半的書不僅不好，而且根本教人讀不下去。

美國最主要的出版雜誌《出版人週刊》曾經說，美國出版的精裝書，有三成出了印刷廠就直接送到二手書商，因為訂購的讀者太少，連出版社的倉庫都不願存放。二手書商花定價的零頭買下這些書，以折扣書郵購的方式賣出，或批給便利商店或大賣場，以遠低於定價的價格出售。

這些書大部分也都是透過版權經紀人提交給出版社編輯，編輯決定買下版權，經歷了編輯、改寫、校對等流程。大部分都有漂亮的封面，列名出版社的書單上，但是不知何故，推出銷售時，就是沒人有興趣。

換言之，編輯有三成的機率完全看走眼。他們也是人，沒有水晶球可以預知未來。他們買下每一本書的版權都只是猜測、賭博，那何不賭你的書呢。不過，你若不上門推銷，他們根本不會讀到你的書。

若是要請版權經紀人讀你的手稿，同樣要向他們推銷。你要是怕了經紀人，不敢向他們推銷，你的寫作生涯也不會有前途。

作者還有另一種膽小，是關於打書。我從未見過很喜歡打書的作家。作家通常只想坐在自己的蝸居裡，劈哩啪啦打字，整個沉浸在他想像出來的無何有之鄉。他們往往內向得要命，甚至根本是隱士，一想到要上廣播電台脫口秀，坐在麥克風後面，或是面對電視攝影機，他們的背脊就癱軟了。很不幸地，這年頭作者必須自我推銷，否則注定籍籍無名。

怎樣才能克服接受眾人矚目的恐懼？

心理學家說，人害怕發表公開演說勝過怕死。那，如果非要突破這個障礙不可，該怎麼做？

最快速的方法可能是去上演講課。卡內基課程到處都有，如果找到社區大學和夜間補校開的班，會比較便宜。其他的演講訓練營也行。

不然就去上表演課，不只有效，而且好玩，對你的寫作也很有幫助。如果在你住的地方沒有這種機會，建議你找一個場合，教會也好，學校、社會服務團體也罷，自告奮勇當講員。

第一個要命的錯誤就講到這裡。

錯誤二：以文學家自居

我在我主持的寫作坊裡，充滿了各種各樣尚未成熟的作者。有些人字彙貧瘠到可憐，有些則接近語文天才；有些滿腦袋腥羶，以色情小說為目標，有些則想寫科幻，腦袋像是長在雲端之上；有的想寫主流小說賺大錢，有的下筆如詩，人也如詩般純真。他們都來到我的課堂，也都讓我佩服、給我啟發。我從許多人身上學到東西，也有許多人讓我生氣。唯獨文學家對我沒有影響。

我所謂「文學家」，指的是那些初學寫作，還談不上入門，卻想要壓倒喬伊斯、勝過吳爾芙的傢伙。我看過幾十個學生嘗試，沒有一個人成功。

偽文學家的問題是，他們不去努力掌握創作的原則，不去學習如何使自己的作品新鮮有趣，卻去選擇一個文學巨人來當神膜拜，極力模仿，還聲稱自己是新潮先鋒，因為他們所膜拜的巨人就走在前頭。

如果我在課堂上指出他的作品缺少動力，故事停滯不前或乏味或緩慢，偽文學家就會歪嘴斜眼，擠出一抹帶著優越感的微笑，開口表示，傅瑞你顯然沒有讀過《時間邊緣的泥漿》——一本他所崇拜效法的文學巨人驚世駭俗的巨作。那本巨作如此驚世駭俗，以致於要嘛作者根本不屑於顯示人物的行為動機，不然就是人物行為統統出於隨興偶然，沒有動機可說；巨作中的事件可能毫無因果，當然也沒有連鎖反應，而巨作故事本身要嘛沒有開始，要嘛沒有結尾，同時還有可能書中人個個愚蠢無品，令讀者噁心透頂。

文學巨人可以寫成這樣，他為什麼不行？

雖然跟偽文學家說什麼都沒有用，我還是努力指出幾件明顯事實。首先，他想要模仿的、名滿天下的文學巨人，不管寫什麼都能出版，出版後總有一些書評家會拍巨人馬屁，其他則不敢在巨人頭上動土，因為人人皆知這文學巨人是當代天才，後台超硬，不可冒犯。但一個新手若竟敢跟巨人犯同樣的錯誤，那麼所有人，不管他是不是個馬屁精，都會跳出來把新手罵得一文不值。這道理不難懂，但跟偽文學家說明為何他不能像他所模仿的大師那樣寫作，就好像對一個四歲小孩解釋為何他不能喝馬丁尼酒。

其實，偽文學家的最大問題，在於沒有人喜歡看仿作。

如果你真心想當文學家，拜託拜託，先當上講故事的好手再說，先使用戲劇性小說的原則，創作出精雕細琢的著作，等你成了大師再去搞破壞吧。沒錯，無視一切傳統也能寫出好小說，但是在十幾二十萬個嘗試過的人裡面，只有少數幾個成功。

既然我已經如此嚴厲地抨擊了偽文學家，不妨在這裡坦白一下，傅瑞也犯過同樣的錯誤。

我初次嘗試寫小說，寫的是個捏造出來的白俄士兵回憶錄，講他在俄國革命期間的經歷。當時我自認才華洋溢，怎麼寫都行，所以胡言亂語，連細節都不去查證，碰到我該知道卻不知道的事，例如紅軍的階級名稱，我就自己發明。我高興更換觀點就更換觀點，對讀者一點也不負責，長段長段的夢話，想回顧就回顧。

那篇故事當然沒有出版。

幾年後我再度嘗試寫文學小說，寫的是我偉大的自傳。這就是我命名為《蟑螂》的那部作品。我以為我的天分當時已經成熟了，可以一舉震驚文學界了，我的作法跟第一本書差不多，只是這回我走超現實主義路線，死神從頭到尾與主角眉來眼去。

我大概總共花了四年時間在這條死胡同裡打轉，把《蟑螂》想像成美國最偉大的小說，而傅瑞則要成為文學家，我沒有朝「超棒」的方向努力。

錯誤三：自我意識高漲

在柏克萊的一個創作坊，有個年輕作者曾朗讀一篇動人的故事，講一個人結婚九年，老婆忽然離他而去，完全沒個來由。

故事的開頭是老婆剛走掉的那瞬間（是的，高潮已過），她把門一甩，走了。起先男人掉眼淚，接著他喝酒，然後他找些朋友聚會，想要回復正常生活。故事結束時，他與老婆離婚，幾週後他開始與前妻的妹妹約會，他接受了失去前妻的事實，盼望著婚姻破裂之後仍能享受人生。

這位作者很有天分，小說中透露出她的敏銳觀察，感情豐沛，文字精簡俐落。

在討論這篇作品時，有學員指出，讀者始終沒見到這老婆，因此無法對主角的悲傷產生「客觀對應」。客觀對應是一個術語，由詩人艾略特首創，意思是，讀者必須看到、經驗到故事中引起情緒反應的行動。比方說，如果某個人物因為受到侮辱而大怒，作者應該描述這人受辱的經過。就以上這個故事，我們沒見到主角的妻子，所以無法認同他的失落感。如果我們先見到她，看到她如何與主角相處，我們就能感受到他的悲傷。照作者現在的寫法，我們為主角難過，是因為他在傷心，可是我們不感到傷心。於是學員建議作者把故事往前推一點，讓讀者看到兩人之前的生活。

作者完全不能接受這樣的批評。她認為，我們這麼說，不但根本不瞭解作者在故事中想講什麼，而且把創作這件事本末倒置了。她說，她不是在寫男女關係，她寫的是「悲傷」，她盡其所能把人物的所行所思所感真實呈現。她說她詳實紀錄了主角如何克服悲傷，這才是她想做而且做到了的。她怎麼寫，我們讀者就得這樣接受。她說，她才不打算「鉤住讀者」或吸引讀者進入小說的世界，她也不想觸發讀者的情緒，好讓讀者對這故事感同身受，或是誘使讀者認同故事人物。也就是說，她的創作完全環繞著她的主題（她關注的是這個），如果讀者對此沒興趣，唉，那是讀者自己的損失。

這位作者認為小說寫作是「作者本位」。她是個自我中心的作者，「讀者關我屁事」的那一派。在課堂上發生此事之後的十五年間，我遇見過數以千百的此派作者。

你可能會想，作品中若不表現自我，怎麼能寫作？所有的超棒小說家不都是自大自負得要命？

嗯，沒錯，他們都是。但是成功的小說家為讀者寫作，我們就稱他們為「讀者作家」吧。卓洛普（Trollope）說過，要當小說家，你得把自己的身分放一邊。

最近在加州作者俱樂部的會議上，我遇見一位八十多歲的卓越女作家，她滿頭白髮，戴著寬邊眼鏡，笑起來滿嘴大黃牙。她告訴我，她從來就想要寫作但一直沒去寫，直到三十五歲的某天，她的卡車司機丈夫忽然離家出走，丟下她和四個小孩，家無隔夜之糧，只有未付的帳單。

她曾想去當廚子或管家來謀生，但是剛好大拇趾發炎，無法站立。正好鄰居有台打字機，她去借了來，開始寫自己的告白故事。

在寫作生涯中，她賣出了四百一十五個告白故事和兩百五十個別種故事，刊登在各類雜誌上，另外還出版了四十一本小說。她目前已簽約在寫的書有四本，其中三本是平裝羅曼史，另一本是精裝的園藝書。

我問她成功的祕訣是什麼，她說很簡單：「我寫作時，想像讀者已經辛苦工作了一天，筋骨痠痛，正坐在張舒服的椅子上，而我的任務就是讓她坐在那椅子上不要動，直到看完整本書。為了讓她不離開，我得使出渾身解數，極力寫出佳作。」

「讀者作家」如此思考：討好讀者，而非討好作家本人的自尊。

錯誤四：沒學會如何重組自己腦海中的時空

我剛開始教創作時，心想一班二十個學生，裡面若有二、三個有潛力就算很幸運了。後來我發現剛好相反，我的學生大部分都很有潛力。

我所謂的「潛力」是，他們能創造出讀者可以相信的人物，能夠呈現場景，很有幽默感，遣詞用字也生動活潑。

但並非每個學生都能達到上述水準。

我初次在加州大學的延伸部教課時，一名無甚潛力的年輕女子來到課堂。她準備寫一系列小說，講她所住地區的市民家庭，怎麼吵架拌嘴、離婚、生病、財務困難等等，全都枯燥乏味得要命。她寫的東西不但犯了所有常見錯誤，也還犯了一大堆並不常見的錯誤。故事的人物扁平、情境老套、對白瑣碎，文字則拖泥帶水，含糊不清，文法還錯誤連篇。

她的小說開頭描寫一個女人成天打掃屋子，無聊到爆。她寫了三十頁用雞毛撢子跟吸塵器的細節，讀完後讀者都變得跟女主角一樣無聊了，班上同學把作品批評得體無完膚。

第二次上課時，她交出改過的文稿，無聊段落稍微刪掉了一些，添加了一點有趣的情節，但整個所謂的「故事」仍然是一團雜碎，情節零亂，人物毫無進展。

下一學期她又來註冊，我簡直怕了，很想建議她改修攝影課吧，教室就在對面，因為寫作顯然非她所長。不過我一向主張這種事讓學生自己決定就好，我的職責是講評他們的稿子，而不是給他們人生建議。

這回上課，她的寫作進步了一點。其他學生和我不留情地批評，她都冷靜接受，但我看得出她很受傷。

下一個學期她又來了，再下一學期也是。四年以後，改寫了幾十次，她的小說終於完成了，裡面的人物她都盡其所能讓他們有所進展。她把手稿寄給好些版權經紀人，竟然有一位知名的紐約經紀人願意代理，讓我相當意外。經紀人大力為她推銷，但沒有得到出版社青睞，終究被退稿。

這時候，她已經快要完成她的第二部小說。在我和班上的大部分同學看來，第二部很棒，寫的是一個年輕女人尋找在五歲時就拋棄了她的母親。神祕、溫暖、動人而且好笑。她的文法仍有待加強，但是在寫作的其他方面，她已完全像個老手了。

另一個年輕女人也在我初次任教的班上，她名叫六月，是人類學博士，正在寫一本關於祕魯印地安人的小說。當年我認為她很有潛力，作品在班上朗讀時，同學們也都叫好。我原以為她一兩年內一定會出版，但是過了幾年，她還是沒什麼進展。很奇怪，明明她能將小說寫作的原則掌握得很好，在班上批評別人的作品時，也都說得頭頭是道。

我深入觀察這兩位女士，看她們如何改寫，這才明白，為什麼許多我教過有才華的學生，最後都未能發揮潛能。

我問那位成功的女同學怎麼寫作，她說她來到我的課堂，很快瞭解自己野心有餘能力不足。因此，想要寫出值得讀的作品，她必須學會如何「重織夢境」。

這是什麼意思呢？她解釋說，她首次坐下來寫東西的時候，故事在她的腦袋裡清晰可見。她照著寫了，可是很多人看過，跟她說這不對那不好，她於是又坐下來，重新作夢。換言之，她可以看到故事在她腦海裡重新展開，展開的方式與第一次不同。

我問另一位女士怎麼寫作。她想了想，說她一旦以某種方式看見一個場景，事情就定了，那像是一種記憶，你不可能修改記憶，那是已經發生過的事了。

我於是明白，早年我花了這麼久的時間才寫出可以出版的作品，正是因為我不能重織夢境。我寫好作品，帶到課堂，聽別人講評，可是改寫的時候，我無法重織夢境，結果我用另一個夢來取代原來的夢。這樣不是改寫，是把原作丟開，另寫一篇。

夢境如何重組？需要辛勤努力和練習。我建議學生，坐下來重寫某個場景時，給各個人物在這場景中與先前不同的目標；原先寫的時候他們不要的東西，現在安排他們要。這樣場景就有了新的方向。

重織夢境是高難度的技術，但是不學會，就是致命的錯誤。

錯誤五：不能保持自信

犯了這項錯誤的作者想必數以百萬計。

典型的狀況是這樣：年輕作者在起步時野心勃勃，懷抱著使命與目標。每個年輕作者都認為自己尚未發揮的天分像是即將爆發，只要稍作努力，一定會得到世人的肯定。我們姑且稱這年輕作者為海蒂吧。

年方二十的海蒂，滿懷野心、使命和目標。首先她寫了一個短篇故事，投給一家文學雜誌，收到制式退稿信。又投給另外幾家，同樣收到制式信謝絕：「抱歉，不適合本刊。編者上。」

她又寫了兩個短篇，又被拒絕。海蒂不知道哪裡不對，她相信自己有天分，感覺到內心熾熱的寫作欲望。她很用心寫這幾個短篇，為什麼人家拒絕呢？

為了找出答案，她去上短篇故事寫作課，又寫了幾個故事，得到老師和同學的鼓勵，也發現她是哪裡「做錯」了。人物的發展不夠，於是她給人物更多發展；太多回顧，那就刪除回顧。她的寫作有點像照著蛋糕食譜試做，修修改改直到做得像樣為止。人家說要甜一點，她就多加糖。也許多放奶油，再多加兩個蛋，出來就會好吃了。

不久之後，海蒂手上累積了一大堆短篇，都寫到不同階段。她的寫作老師讚許其中的一兩篇，她把這兩篇投給各家文學雜誌：《大西洋月刊》、《紐約客》、《史萬尼評論》。都退了稿。

然而奇蹟發生了。她收到的退稿信，不再只是制式且署名「編者」的標準信函，信上多了行手寫字跡：「下次再試。」

受到這個鼓舞，她又寫了幾篇，讀了更多關於創作的書，上了更多創作課，琢磨她的作品，磨到發亮。又開始投稿，又被退。這位年輕作者現在念完大學了，可能已經二十四歲，寫作寫了四五年，只有一首關於聖誕節的短詩曾發表在本地小報上，其他一篇都沒能發表。她靠著打工養活自己，在便利商店當店員，她開始想：連一篇稿子都賣不出，我如何能靠寫作為生？

這時候，她的創作老師告訴她，短篇的市場很難打，何不試試寫長篇小說？

好啊，何不試試？

接下來她花了兩年時間寫了長篇《夢的年代》，精雕細琢，字字講究。好了，該去推銷了。海蒂此時已經不那麼年輕，她想找個經紀人。嗚，沒那麼容易。寄出投稿信和試讀章節，收回的仍是拒絕信。有的會在信中說些好聽的話：「我們喜歡你的風格，人物塑造很不錯。」

努力了半年一年，終於有一位經紀人願意幫她代理《夢的年代》，同時，海蒂的另一個短篇也登上一家還不錯的文學雜誌，事情好像出現轉機。她有一個短篇參加徵文比賽，在三百篇參賽文中，得了第六，可惜沒有稿費，只能拿到免費雜誌和一張入圍證書。於是，辛苦七年，海蒂還是沒能靠寫作賺到錢。

《夢的年代》開始敲各家出版社的門。有的出版編輯寫了好話回覆：「時空背景很棒。」「喜歡你的文字。」有一兩位甚至詳細指點如何修改：「夢的順序有點混淆，弄清楚一點；把母親角色寫得稍微有同情心一點；把訂婚場景提到前面一點。」

海蒂已經厭倦開老爺車、在便利商店打工的生活了。她自忖：我最好去受個職業訓練，找一份正規的工作，好讓我能在業餘時寫作。我可以當洗牙技師，或是去教書，要想法養活自己，直到書出版再說。

於是她花了一年取得教師資格。之後教書的第一年沒辦法寫什麼，因為新工作要投注很多心力。這時候她有了男朋友，兩人論及婚嫁。嗳，海蒂很想結婚呢……

於是昔日的年輕作者結婚了，有了正規工作，兩年沒寫作了。管他呢，也許明年夏天再說吧。到了明年夏天，夫妻倆安排了旅行，有書要讀，有夏季教師訓練班要上，肚子裡又懷了娃兒。

好吧，也許明年，明年她可以來寫。很快海蒂就想著自己總有一天會成為小說家，也許等她退休以後。想著想著，她不知不覺對自己失去了信心。

信心一旦失去，作者就不會回去寫作了。永遠不會。

海蒂走過的路，大部分最終成功的作家都走過。首先是被拒絕，然後學藝，然後又被拒絕，然後是附帶私訊的回絕信，然後是短篇獲得刊登，然後才是能讓你一夜成名的大斬獲。對大多數作者來說，那是一條漫長的路，很多人剛建好自己的發射台，火箭還沒來得及發射，就洗手不幹了。

這還好，另外一種喪失信心就很嚴重。通常是作者有了一些成就但是覺得還不夠好，找不到通往山頂的道路。這樣的作者可能賣出了幾本平裝小說的版權，或甚至出版了一部精裝小說，得到不錯的書評，但銷路平平。這作者就想，如果能找出方法挖掘內心，刺激出更多的才華，更多的一點什麼就好……

每出版一本小說，看到書沒能登上暢銷排行榜，作者就愈發沮喪。他可能借酒澆愁，可能用一點大麻、古柯鹼、安非他命。

在藥物影響之下，作家忽然感到很樂觀，陰霾散盡。他似乎首次睜開了眼，全力往前衝，衝向一個新世界。

那當然就像旅鼠跳下了大海。

酒精與藥物也許能調劑心情，但是作者一旦從中尋找靈感，他就失落了。他對自己的創意喪失信心，犯下致命的錯誤，不僅扼殺他的寫作生涯，也扼殺他的生命。

所以，既然藥物幫不上忙，在洩氣的時候要怎麼辦？

沮喪洩氣往往是嫉妒別人造成的，你會去嫉妒別人更成功、得到更多好評，甚至從來沒被退稿。

我並沒有靠寫作發財，至少現在還沒有，不過我正在朝那方向努力。我沒有挨餓，可是也沒能駕駛名車。版稅收入青黃不接的時候，我常常得用信用卡預支現金。我沒挖掘到出版界的金礦，不過我有別的收穫。

我常常去本地大學的校園，在他們很棒的圖書館裡做研究。這間大學位於高坡，天氣晴朗的時候可以眺望舊金山灣區，看到高速公路和貨櫃場以及舊金山市區的高樓大廈，還看得到三座機場的飛機起降。你會深深感覺身處現代生活的萬丈紅塵之中，人群熙來攘往，追求的是——什麼？

身外之物。

不錯，身外之物。電視、音響、新車、房子……這些東西，你在電視廣告裡看到的東西，賓士與寶馬之類。

所以當我坐在圖書館裡，書籍環繞，往窗外看那紅塵世界，我心裡想：我在追求的是什麼呢？藝術。我在努力寫出一本超棒小說，一部感人、跌宕、談論人生某一重要面向的小說。如果在追求的過程中賺到了一些錢，那更好。但是如果賺不到呢？那就少買些東西吧。我甚至有點可憐那些汲汲營營的傻瓜，他們追求的是會壞會鏽需要修理的東西。寫出一本超棒小說，得以出版，給我的愉悅遠比擁有保時捷名車持久。幾篇書評稱讚我的著作，幾個人說：「我讀你的小說，一看就不能放下。」對我來說，這是比大把股票更高的報償。

撰寫如何寫作的書也有它的報償。陌生人會走來對我說，他們讀了《超棒小說這樣寫》，覺得非常有幫助。想想看，也許我的肉身亡故多年之後，會有個小孩在某個窮鄉僻壤發現一本塵封的《超棒小說這樣寫》，讀了之後發現自己也可以成為名作家。

就算我將來真的寫作有成，大享盛名，你還是可以在這個大學圖書館裡找到我，坐在群書之間，偶然抬頭看窗外山下的萬丈紅塵，可憐那些汲汲營營、追求身外之物的傻瓜。

錯誤六：生活方式出差錯

有一次我對一群作家和準作家演講，談作家的生活。一位穿著入時三十出頭的女士走過來對我說，她一直想當作家。她說她有幾個不錯的構想，可以寫成小說，但是有一個問題，她希望我能給點建議。

她每天上下班各要通車一個半小時，每天工作九到十小時，回到家又要做家務事。唯一能寫作的時間是週末，而週末她丈夫總是想要出去玩，因為他平日也工作辛苦。

我問她有沒有小孩。

沒有，她說沒小孩。

我建議她辭掉工作。

她不好意思地笑著說不能辭職，他們有龐大的房屋貸款要付，丈夫喜歡旅行，所以他們又分期付款買了一輛休旅車。她說如果她辭職，丈夫會殺了她。

我說她應該換一個丈夫。

她驚訝地瞪大眼，說我一定是在說笑。我說我不是。外面可以做丈夫的人很多，找一個會支持妳寫作的。

她嘟囔著我是神經病，走了。

也許我是神經病，但事實擺在眼前，如果身邊都是扯後腿的，你不可能成為作家。你的配偶、同居人或室友如果不支持你，你要嘛改變他們的心意，要嘛改換你的生活伴侶。

倘若一艘船拖著錨航行，它是跑不遠的。

想要換掉生活伴侶的話，你大概得演出一場戲碼，我稱之為「作家的大場景」。你把同居親友找齊，宣布說你決定要當作家，一個超棒作家。為了達到此目標，你需要他們的協助與支持。意思是說，你會長時間關在小房間、地下室或車庫裡，他們不能去打擾你。你會去參加作者團體，去上課，要讀很多書，而當不可避免的退稿信寄來時，你需要他們打氣加油，好讓你鼓起勇氣再戰。

演出「作家的大場景」，你的親密家人才會深刻明白這件事對你有多重要，失敗的話對你的打擊有多大。就算他們不贊成你走上寫作之路，起碼也能瞭解到，反對意見放在自己肚子裡就好了。你已決心赴湯蹈火在所不辭，任何悲觀的預測你都不想聽。就是這樣。有時候這大場景收效頗佳，有時候則不然。有時候得演出兩三次，家人才體悟到你不是在開玩笑。

當然你必須說到做到。電視上有好節目、鄰居來串門子，或是春日晴朗適合蒔花種草，你都不能分心，不能被打斷。預定了的寫作時間就要用來寫作，其餘免談。

我在寫作時不接電話，即使是我的經紀人打電話來報佳音，我也一律讓答錄機接聽。有人按門鈴我不理，如果是傳教士想要拯救我不朽的靈魂，他們得改天再來，此刻我在寫作。

兄弟姊妹父母兒女，必要時你都得跟他們說：「現在我不能跟你講話，我在寫作。」如果他們聽了不爽，嘿，那是他們的事。你得讓家人完全明瞭，你閉關寫作時就是斷了線，消失了，根本不在這個地球上，誰也找不到你。

你說你不想得罪人？你說你不能冒犯人家？你說當家人朋友需要你的時候你得在他們身旁？你說你的姊姊婚姻出了狀況，想要對你哭訴？你最好的朋友需要你幫他計算所得稅？你的小孩要你教他們怎麼綁魚餌、怎麼烤餅乾、怎麼錄電視節目？浪費你寶貴的時間混在嘎嘎鵝群之間，你不可能飛上天空與老鷹並肩翱翔。你到底想不想當作家？想當作家，唯有超棒小說家才值得當；而要當超棒小說家的唯一方法，老天明鑑，就是破釜沉舟、全力以赴。

全力以赴的意思是，花很多的時間在這上面。既然要花很多時間在這上面，就不能花很多時間在別的東西上面，例如工作、朋友、家人，以及洗馬桶。

想當外科醫師的人，花很多時間在他的專業上，大家認為理所當然。外科醫師在訓練期間幾乎從不回家，他或她往往在醫院裡一待就是連續四十八小時以上

——聽課、查房、開膛破肚然後再縫好。

想當音樂家的人每天練習十或十二小時，多年以後，才可能達到專業水準。奧運選手、芭蕾舞者、舞台魔術師，全都得要把生命中的大把時光拿來換取專業能力。要當一個超棒小說家需要同樣多的時間、努力和精力，就跟要當一個超棒體操選手、花式溜冰選手、牙醫、職業殺手，任何超棒人士一樣。

要當超棒小說家，你得花時間寫作，你不能做許多其他的事，因為你沒有時間。

要是你有孩子或其他不可推卸的責任怎麼辦？我承認，你可能需要一份工作，這會是你的第二事業，但不能成為你生活的中心。寫作才是你生活的中心。有人曾引述福克納的話說：「為了把書寫好，榮譽、自尊、高尚……皆可拋。一個作家若是非得搶劫老母不可，他就絕不猶豫。為了寫成《希臘甕之頌歌》（Ode on a Grecian Urn，譯註：英國詩人濟慈的名作），多少老太太皆可犧牲。」

我親眼目睹成百上千的作者，由於沒能以寫作為生活中心而失敗。寫作被他們延後、延後、再延後。

為什麼？

我猜想原因是：寫作很痛苦，寫作很辛苦，寫作有時候很可恨。要當上超棒小說家，你得忍受痛苦，勤奮工作，縱然憎恨也要堅持寫下去。

除此之外，你還得成長。作家的生活日常必須包含不斷提升自己。

當然，什麼都不做，光靠歲月流逝，你也會成長。

但只有靠著不斷寫作，你才會長成一名小說家。

這還不夠，想當超棒小說家、最棒的小說家，你不能只是寫。你得讀書，得研究你這類型小說大師的作品。

當然，跟純讀者不同，小說家讀小說不僅是為了消遣，他是以作家之眼，看書中結構、人物動機，看衝突如何發展、人物如何成長、高潮如何來臨。如果小說寫作是你的職志，你會研究小說，就像建築師打量房子，不是只看外表，還看梁柱，看水管，看電線，看地基。

想要當超棒小說家的人，還會去研究人，研究人們生活的細節：他們走路的姿勢、說話的語氣、希望與夢想，甚至早餐吃的麥片粥加什麼。小說家收藏枝微末節，以備來日塑造人物時使用。有些作家每天作筆記，把身邊每個人的所有細節都記下來：他們的穿著、姿態、聳肩的方式、頭皮屑怎樣掉落肩膀。

作家還必須每天學習寫作的技藝。這份職業的一大特色是發展空間無盡，你永遠可以做得更好。學而後知不足，你的技藝愈精進，你就會發現還有更多要學。比方說關於戲劇效果、關於風格、關於文字的運用，等等、等等、等等。無數的等等，等著你活到老學到老，真好。

錯誤七：無法產出

寫作的日子也可能會像以下這樣：

你計畫早上十點開始寫作。動筆前得先煮杯咖啡，煮的時候你注意到另一半留在廚房台子上的報紙在召喚你，於是你只好讀完了關於西藏大地震、肯亞直升機墜落的所有報導，以及親子婚姻專欄。然後有朋友來電，她因兒子在幼稚園裡沒拿到全A的完美成績而傷心欲絕，想跟你聊天。講完電話已經十點四十五分了，得去寫了，可是先喝第二杯咖啡吧，順便把報紙看完，當然不能錯過四格漫畫。

十一點整，你坐下來打字，什麼都不對勁，百葉窗簾得調整調整。你打開收音機調到輕搖滾頻道，瞪著螢幕看。房間裡太冷，去拿件毛衣穿上，回來，繼續瞪螢幕。沒什麼好點子，站起來，去倒第三杯咖啡，順便把早餐杯盤洗了。貓要出去，你要去幫牠開門。

現在是十一點四十五分，快到午餐時間了。現在開始寫的話，才剛寫得來勁就該吃午餐，不如午飯後再開始吧。

於是你泡碗麵，吃的時候順便看一集重播的《我可能不會愛你》。

午餐後你又坐下，放點好音樂來聽，又是一滿杯咖啡。百葉窗簾調整到剛剛好，換一件薄一點的毛衣，重新調整室內溫度，開門放貓進來，然後，正要開始寫，郵差來了。這麼多信在監牢似的信封中呼喚著你，你怎能安心寫作？你只好前去搭救。

銀行退了張你開出的支票，他們說你戶頭缺錢付帳。才沒有，真氣人。你想立刻就把帳算清楚，可是該死的，現在是寫作時間。

你坐下來寫，可是帳本在另一個房間呼喚你，一定得把帳算清楚，現在就得算。收支不平衡的帳本在呼喚，你怎能寫小說？

諸如此類。

若不是帳本問題，就是你的神經質的哥哥要跟你哭訴，因為他新車的擋泥板刮了一道痕，不然就是玻璃窗該洗了，地板需要擦了，準備做晚餐生菜沙拉的萵苣要枯了。

你得想清楚你這輩子到底要什麼。脆嫩的萵苣，乾淨的地板，收支平衡的帳本，還是便利超商架子上陳列你寫的小說？決定要當小說家，小說寫作就得是你的優先要務，不能讓時光溜走。寫作的時間到了，就要開始寫作。

要是草該剪了呢？你就說：等有空再剪。不能去洗車，也不能去買菜。寫作優先。

你會問，這意思是不是說家一定得髒得像個豬圈，永遠不能去打高爾夫球？當然不是。

但如果你估量一週有十五小時可以拿來寫作，這十五個小時就得拿來寫作，除非房子起火或是你得了急性盲腸炎，你不能把這十五個小時挪作他用。

這種無法產出的狀況，有個說法叫做「時間空轉」。時光會一點一滴溜走，像冰箱裡的冰柱融化；時光也會大塊大塊消失，像冰山剝離冰河而去。

還有另一種無法產出，叫做「作家瓶頸」。

在《超棒小說這樣寫》書中，我有一段講到作者遇上瓶頸是由於害怕失敗或害怕成功，現在我的看法則完全不同。

我現在認為，瓶頸的發生是因為作者潛意識裡想要成為烈士。他們想當寫作這一行的殉道聖徒。

且看下面這段故事，你會怎麼想：

有個砌磚工人名叫大傑，他替高樓建築公司工作，該公司正在達拉斯城外興建一批新住宅區。大家都知道大傑在砌磚工人裡面是個藝術家，新穎美觀的壁爐和天井更是他的專長。十月裡一個晴朗的日子，他上工遲到了。他解釋說，他在公園逗留了一陣子，欣賞鴿子頸上美麗的羽毛。

這時候，他的助手工人已經調好了水泥，運了一堆四號磚上山，放在高樓公司的建築工地。大傑應該用這些磚砌出一條步道，通往網球場旁邊的淺水池。

於是大傑先喝了杯咖啡，這才研究藍圖。他手指循著藍圖上的線滑過去，恐懼感隱隱滋生。他瞪著藍圖半晌，又盯著磚塊瞧了瞧，再將目光轉向水泥，過沒多久，大傑額頭上冒出汗。

他丟下藍圖，去找工頭。

工頭看他走來，點頭招呼問：「砌磚工的瓶頸，是吧？」

大傑悲傷地點頭，說：「今天我實在不能做工。搞不好，我永遠也沒辦法拿鏟泥板了。」

工頭安慰地把手搭在大傑的肩膀上說，那樣的話就太糟了。

好了，大傑回家去，一屁股坐在沙發上。他太太奧玲問他：「甜心，你怎麼了？」

「砌磚工的瓶頸。」

「那是什麼？」

「我今天就是沒法子做工。」

「工錢人家還照付嗎？」

「嗯，不付。」

「這樣要過多久？」

「說不上來。」

「我聽著根本就是懶。」

「噯，人家作家可以有瓶頸，我們砌磚工當然也可以有瓶頸。」

奧玲進廚房去，拿著一根擀麵棍出來，往大傑腦袋上狠狠敲了一棒，他因此被送進醫院，縫了三十四針才好。

大傑從此再也沒有發生砌磚工瓶頸了。

「苦於」作家瓶頸的人，會跟你講各種慘狀，說他們怎樣坐在那兒死盯著稿紙或螢幕，怎麼拚命努力，卻什麼也寫不出來。言下之意是，要是不受瓶頸之害，他們必能寫出輝煌巨著。可是才高八斗的他們非常為難，因為他們心目中自有高標，若達不到完美程度不能輕易下筆。（他們的標準當然遠高於我們這些沒有瓶頸的平凡作者，我們寫出來的都是垃圾。）然而符合他們標準的珠璣字句就是不肯傾瀉而出。

你現在可以看出來，罹患作家瓶頸癌有何好處——這病讓人既可搏得同情，又能假充天才，還不必提供任何證據供人檢驗。

別讓他們的狡計得逞。

每當我遇見這些受苦的靈魂，我就告訴他們，所謂作家瓶頸有一個別名，叫做「膽小鬼」。

困於瓶頸的作家並非害怕成功或害怕失敗，他們害怕作品搆不上自己的標準。問題是，誰的作品搆得上？

要避免時間空轉與作家瓶頸這類陷阱，你看待寫作就得像砌磚工看待他的工作一樣。寫作是一份工作，跟別的工作一樣，要花時間、要下工夫。給自己訂下生產目標。一天寫三頁，三個月就能完成兩百七十頁小說的初稿。

寫小說的過程可分為兩個階段，第一階段是寫初稿，第二階段是修訂潤飾，也就是寫稿與改稿。所謂作家瓶頸往往來自這兩階段的混淆不清。初稿沒寫完，別忙著修改。寫初稿時不要回頭看，把你腦袋裡的編輯功能先關掉。

你要下定決心絕不落入無法產出的陷阱。從現在起，你就是埋頭寫、寫、寫，日復一日、週復一週。

要能持續埋頭寫，你應該懷抱寫作的熱情。這正是本書最後一章的主題。

9

想要成功，你不但得愛上寫作，還必須永遠愛著它

這是當小說家最好的時代

當作家的有福了。這是資訊時代，而作家提供的就是資訊。現在是世界歷史上從來沒有的、當小說家最好的時代。

原因之一是發明了文字處理機和高速高品質印表機。古早的時代使用泥板寫字，要編輯、插入、挪動文字等等，真是痛苦萬分。後來改用鵝毛筆、自來水筆、原子筆甚至打字機，也還是非常麻煩。現在，只消輕按幾個巧妙鍵就行。以前（才幾年以前），草稿寫完，其中有一段你不滿意，想改，非得整篇重新打字不可。現在？剪剪、貼貼，啪，好了。重寫、重印，比你念一句魔咒還快。

現在當小說家最好的另一個原因是，與過去相比，作家能得到更多創作方面的幫助。全美國有六百多所大專院校開設創作課程，私人的作者互助團體也很多，書店裡多的是談如何寫作的書，而給作家的研討會、座談會與寫作坊也很多。

市場也在擴大。文學小說以平裝本大量印刷，愛情小說更是銷量上百億美元的市場，推理、冒險、科幻、奇幻與青少年小說的市場都空前的大。

自從便宜的雷射印表機上市以來，出版一本書的花費僅有過去排版印刷的十幾分之一，小出版社遂如春草漫生。自費出書已經不再是出於虛榮，而成為實際可行的另類出版方式，而且很可能很賺錢。我就認識一位詩人自費出版一本詩集，每本成本僅一．二五美元，卻以每本九．九五的價格賣出了一萬八千本，之後她再以五萬美元價格把版權賣給一家在紐約的出版社。

這是全球經濟的時代，版權賣到國外的機會很多。美國小說家往往可以在英國、歐洲和日本等國家賺到比在美國更多的錢。

在半世紀前，美國可能有一百五十位版權經紀人，現在則有超過九百位。

小說常改編成影視，現在比以前更多。有線電視的電影，專為錄影帶拍攝的電影，還有很多電視頻道，都渴求好故事——這些都是以前沒有的。

現在是世界歷史上當小說家最好的時代，可是並不因為機會之窗大開，而有更多的人來當作家。

當作家還有別的報償，是別的行業通常沒有的。有哪個行業能夠對別人產生這麼大的影響？監禁在最暗無天日的黑牢裡的囚犯，可能因為讀你的小說而找到逃避現實甚至救贖之道。各行各業的人都能藉著你的小說，從苦悶的日常生活中去到另一個時空。百年以後的學童說不定還讀你的小說而受到感動。

在《小說的藝術》中，賈德納說：「最好的小說提供讓人信賴但不帶說教的榜樣。我們在閱讀中無形地吸納其中善的隱喻，無言地學習效法（在《安娜．卡列妮娜》中）李文的作為而不學安娜。或是學（在珍．奧斯汀的小說《愛瑪》中）改過遷善之後的愛瑪，而不是一開始的她。這種微妙而意在言外的知識，正是偉大小說追尋的『真理』。」

賈德納百分之百正確。我們文化中的價值觀是透過故事傳給下一代的，不然我們怎麼知道什麼是英雄、什麼是勇氣、什麼是榮譽？我們從何得知遭遇重大困難和極度恐懼時，堅忍堅持是怎樣的感覺？怎麼去愛、怎麼與其他人相處、友情的意義、如何死得有尊嚴等等。

寫小說這件事對作者的好處不下於對讀者，寫小說教給作者很多人生的道理。好的小說家一定很擅長觀察，在訓練自己成為小說家的過程中，你的觀察會更加敏銳。塑造人物時，你努力去瞭解他們，給他們動機，讓他們活靈活現，像真人一樣有膽、會犯罪，你會發現你在用另一種眼光看世界，並且在自己心中找到新的力量。

如果你常與小說家相處，你會發現，雖然他們很自大、愛吹牛，卻通常極能容忍異己。原因是他們透過筆下人物，間接體會過比方說少數族裔受迫害之苦，也深知其他的苦楚，例如衰老、優柔寡斷、經歷戰爭或饑荒或家族鬥爭，或受到另一半的虐待。所以小說作者不太會像一般大眾歧視別人。

寫小說能提升專注力，讓心智更敏銳，就像練習足球讓足球員表現更好。你不僅會寫得更好，也會讀得更懂更深入。

寫小說還能讓你享受小說家獨有的興奮忘我。

小說家怎樣會興奮忘我？比方說，女作家坐下來寫一個場景。她要是聰明的話，會先擬定大綱，然後照著寫。假設她要寫的這一幕裡，男主角應該向女主角的父親請求把女兒嫁給他。她開始寫，感覺寫得不對，停筆，刪掉一句，重寫，仍然不對，停筆，刪掉……

寫作不順，來杯咖啡吧。重新坐回鍵盤前面，她盯著牆壁，口中輕輕哼歌，抽根菸，啜一口咖啡，開始作夢……

終於，場景在她心中逐漸明晰，從她的潛意識深處，慢慢浮上她的眼前。她在心裡看見這一幕如何展開。

她開始打字，不像是創作而像是人物自行演出，有如魔術，她只是把眼前的戲劇照錄下來。她急著趕快寫，腎上腺素澎湃，感覺非常興奮。她的心跳加速，血壓上升，指頭按鍵如飛，這感覺無與倫比，彷彿是駕著摩托車飛上月亮。

大約一兩個鐘頭之後，小說家筋疲力盡，但是心滿意足，這時候鬆懈下來，感受到渾身興奮過後的痠痛。這就是作家的興奮忘我。

不等出版社寄來支票，這興奮的力量早已加強了作家不由自主的寫作動力，鼓舞了創作。對某些作家而言，這創作的興奮帶來極大的回饋，能不能出版反而不重要了。他們上癮了，寫起來欲罷不能。

人生於世，再沒有比這更好的生活方式了，但最大的問題仍是：我走這條路會成功嗎？我的答覆是：會，而且我掛保證。

傅瑞掛保證，成功百分百

任何人只要有狂熱的寫作欲望，使出全力做這件事，堅忍刻苦掌握此中竅門，辛勤工作又得遇良師，有可靠的益友針砭攻錯，學會重織夢境，接受別人批評一再改寫，並且拿出生意人手腕積極行銷自己的稿件，我保證他百分之百成功。

我知道你怎麼想。你在想這不可能，不是每個人都能當小說家。但是我跟你說，這是真的。我保證絕對可以。

我敢這麼說，是因為我失敗的經驗實在太多。試了再試、不行再來，最後終於成功。

我的經驗是這樣的：

從小我就知道我要寫作。生而有此欲望，我以為我自然具備天分，不需要特別作什麼準備。我心想，只消花上幾週時間，我就能完成一部小說，然後名與利就像我與生俱來的權利，來敲我的門。這是我在十三、四歲時的心態。

我深信自己才華洋溢，因此不大用功。事實上，我的高中母校有史以來最差的平均成績恐怕就是我所創下的：五十八分。得分最高的一科是八十二分，駕駛訓練課。不消說，沒有大學會提供獎學金給我。在該畢業的時候，我沒能畢業。

我並不怎麼在乎。我找到一份裝飲料的工作，並且在夜校選修兩門英美文學課——大概是想瞧瞧與我同等級的D·H·勞倫斯和赫爾曼·梅爾維爾都寫些啥。我根本不注意教授們講什麼——我懂的比他們多啦——結果拿到六十幾分的成績，可是我一點也不喪氣。當然我那時正犯著致命錯誤六：生活方式出差錯。家父看我光會作夢，氣急敗壞。他本來就認為我想當作家有點神經病，他希望我當牙醫或保險業務員，或者繼承他的衣缽，當銀行家。總之要是個有前途的職業。

為了追尋我的夢想，我從紐約州搬到加州。我幻想自己寫出超棒小說，成名，二十五歲以前就能退休，駕遊艇優遊度日。

結果呢？我在美國海軍造船廠當了機械學徒。畢竟在等待成名期間我得吃飯，而這是我唯一能找到的工作。我蒙昧的心智開始感受到現實的壓力。

船廠規定學徒要去本地二專的夜校上英文課。夜校要我先考入學測驗，考完了把我分到初階笨蛋班。我當然氣死了。其他同學多半都是剛剛移民來美國的菲律賓人，他們的母語是塔加洛話。我隨即發現他們的英文文法都比我好，便下定決心用功學點東西。既然我打算很快超越海明威，學點文法總是有幫助的，給我的天才加分嘛。

那些年裡我沒寫出什麼小說，致命錯誤七。更正確地說，在我二十三歲以前我什麼都沒寫。我在學怎麼造潛水艇、打高爾夫、玩撲克牌和喝啤酒。後來我終於寫了一個短篇，投給那所二專新創辦的文學刊物。他們收到六篇稿子，刊出其中五篇。你猜到了，唯獨我那篇被淘汰。

我大受打擊，我那愚蠢的腦袋終於領悟到我不會成為海明威第二，那是一九六五年的事。往後幾年我沒再寫小說，直到一九六九年我拿到文學碩士學位，才開始寫第一個長篇。我想清楚了：我顯然不適合寫短篇，不如打定主意寫長篇，全力以赴來寫。

我做的第一件事是想辦法去念一個創意寫作研究所。比較大而有名的學校我申請了十到十二所，愛荷華啦，爾灣啦，舊金山州立啦，加州大學戴維斯分校啦，都沒錄取我。

遭到拒絕讓人痛苦萬分，我有時會停止寫作好幾天、一週或甚至一個月。我還沒搞懂，被拒絕是寫作這行的必然遭遇，所以犯下了致命錯誤五：對自己失去信心。

往後幾年我也許沒犯下小說學徒的所有錯誤，但是我犯了比較大的幾項，超大的幾項。我寫的書類不對；我寫嚴肅的哲學小說，裡面淨是存在主義式的憂愁，濫用我根本就不懂的象徵。這正是致命錯誤二：以文學家自居。當別人批評我的作品，我並不設法重組我腦海裡的時空，不去改寫稿子，這是致命錯誤四。另外我還犯下致命錯誤三：寫作時自我意識高漲。

後來我改變作法，嘗試去寫比較適合我能力的東西。我放棄了前兩部作品，因為就連我也看得出來那兩部是寫不下去的了。第三部作品《王牌二》我完成了，並且終於寄出投稿了，結果在同一週內遭到一個經紀人和一個編輯退稿。於是我把它塞進抽屜，再也沒有嘗試投寄。我根本沒發現這兩位都附了信告訴我，它只需要稍加修改便行——致命錯誤一：膽小。再下一部《蟑螂》是自傳性質，我在其中探究自己真實人生所遭逢的問題，但我既然沒能想通如何解決真實人生的問題，自然也就不可能在小說裡尋得答案。再下來我連續寫了四本，都沒有完成，因為我對它們失去信心。致命錯誤五。

最後我跑去寫驚悚小說和推理小說，然後犯下更多錯誤。

我聘了一個差勁的經紀人。雖然過了一陣子我發現這人是笨蛋，還是續聘了他兩年，原因是我好歹有個經紀人，讓我感覺像個作家。再說，我沒膽開除他。致命錯誤一：膽小。後來我終於賣出第一本小說，卻隨即以極低金額簽下了包裹式的多部小說合約，本來生產力可以很高的三年時間，就浪費在履行合約義務上了。這時候我發現教書滿可以解悶，於是花了好多時間在上面。致命錯誤七。

所以，說起犯錯，我是專家。

不過我也有運氣好的時候，例如我遇上好老師郭恩先生，他大概是全美國最棒的創作老師，世界級的結構語言批評家。二十年來他不斷往我的笨腦袋裡灌輸關於寫作的原則。

經紀人方面，我也時來運轉，換成了蘇珊・柴肯多（Susan Zeckendorf）。她果然是極好的推銷員，熟悉出版產業、精力充沛、直話直說，而且對我深具信心。她不止一次把我從溺斃邊緣給救了回來，我若是肯多聽她的話，我的書大概能在美國各地的書店裡陳列滿櫥窗。

另外一次好運，則是一位朋友建議我去參加在加州舉行的年度作家會議。參加此會令我靈智大開，我總共以學員身份參加了六次，現在則成為工作人員。會中指導員與其他學員給我很多指教和啟發，讓我體驗到心靈的開展，獲益良多。在這種會議中，寫作被視為一種藝術形式，作家是藝術家，是尋求真理、解釋真理的人。在這會議上我首次聽說，創作傑出作品是作家的職責。與會者有好幾百位，都是與我心靈契合、致力於寫出超棒小說的人；每年光是與他們相處幾天，就能為我疲乏的心充電。

不過我這一生中，最幸運的事要算遇到依麗莎白，無可救藥地愛上她，並且娶她為妻。她是我平生最大的幸福，也是我犯下這麼多致命錯誤後，仍能出人頭地的原因。

創造大師級傑作

想寫出超棒小說，就是要竭盡全力創造大師級傑作。

在《小說種種》一書裡，布雷斯說，創造大師級傑作需要基本勇氣，因為要談的是現代人的處境。他又說：當藝術家就是要面對現實。這是創造大師級傑作的第一步。

面對現實很難。很多人接受心理治療多年才稍有勇氣面對現實，小說家卻是從動筆寫第一章第一句開始，就要面對。

成為超棒小說家的人寫作時會全力投入、懷抱熱情並且實話實說。人是怎樣的、人的行為如何，他們照實呈現。成為超棒小說家的人知道自己身為作家的角色與任務，他們有願景，有實情要呈現，渾身像著了火似地急著寫出來。

作者對自己的作品如果沒有願景，如果作家就只是想出版、想賺錢，作品必然缺少深度，它就只能娛樂讀者，卻沒有深刻感動讀者的力量。創作這種作品，不可能有持久的滿足感。

小說家能有怎樣的願景呢？

任何小說家都有自己的道德觀或社會評斷，這就是他的願景。也許他想像一個烏托邦，也許他以嘲諷之眼看世界，也許他是預言家。

比方說，推理小說家也許認為自己的寫作是娛樂讀者，是布下迷陣，但是她也同時站在正義與真理那一邊，認為有必要揭發潛藏在人類靈魂之中的邪惡。她也可能熱切希望利用推理小說的形式挑戰傳統的極限。

文學小說家則可能很想要把小說寫成如詩般的美文；可能想要探索人生的荒謬或愛的雙重面貌。也許她想讓我們看出貧窮、戰爭或濫用藥物有多麼強的毀滅力量。

科幻小說的作者可能自認是先知、是預言家，她要展現給讀者看當前發生的事會怎樣影響我們的子孫後代，有點像是舉起一面鏡子，照出我們現在的愚行會如何反映在未來。

寫歷史小說或古代冒險小說的人往往具有挖掘歷史的熱忱，呈現出過去發生的事如何影響現在。

愛情小說的作者可能很想彰顯愛情療癒人心的力量，兩人全心愛慕彼此，才能得到快樂。

你的願景是什麼？你得深入體察自己的內心，尋覓你認為人生在世最重要的關鍵點。如果你有能力改變別人的某個想法，你希望是在哪一點上？你痛恨哪件事？什麼事讓你熱血沸騰？你最愛的是什麼？你在哪件事上有鮮明的立場？有哪件事讓你願意犧牲生命去達成？你能夠在作品中呈現怎樣的獨特觀點，讓世人換一種角度看事情？你能貢獻什麼樣的禮物給世人？

索忍尼辛痛恨蘇聯時期集權政府的威權，他寫的每一個字都在攻擊那個政府。他作品的深度，只有對此題材體驗最深的人才寫得出來。他贏得了一九七〇年的諾貝爾文學獎。

斯托夫人有一子死於霍亂，她因此省悟到黑奴被迫與子女分離的痛苦。她寫出《湯姆叔叔的小屋》（或譯《黑奴籲天錄》，一八五二年出版），讓讀者體會到她的感受。她的書賣出驚人的三十萬本，對十九世紀中期的反蓄奴運動產生了極大的影響。

海明威也有願景。他說他想要寫出冰山一般清、脆、明的文字，而且九成的內涵隱藏在表面之下。他成為那個時代最多人仿效的作家。

錢德勒（Raymond Chandler）與漢米特（Dashiell Hammett），還有其他人，努力把偵探小說提升到文學的層次，讓這類型小說脫胎換骨。

賈德納曾形容，珍·奧爾（Jean Auel）對史前人類具有簡直像是魔鬼附身似的熱情，她深深鑽研原始人的生活，把研究成果寫成小說。當時一般以為沒有人會有興趣讀這種書，但是她的熱忱感染了讀者，如今她的書賣了幾百萬本。

約瑟夫·溫鮑關懷警察，痛惜他們被工作壓垮。他的熱情和投入流露在字裡行間，你只要讀過一本他的書，對警察的看法就會完全改變。

彼得·本奇利一向對鯊魚有極大興趣，讀遍了他找得到的所有關於鯊魚的書，想要創作一本懸疑驚人的小說，不僅能緊緊抓住讀者，而且讓大家對他所深愛的題材有所瞭解。

史蒂芬．金已經成為恐怖小說之王，但是他寫《魔女嘉莉》時，還是新手。他用最有趣味的方式展現出像嘉莉這種通靈的人，你得罪了她會怎麼樣。但是不僅如此，他的小說主要講的是青少年不經大腦的殘酷，以及對受害青少年造成怎樣的心理傷害，這是他最關切的主題。

瑪格麗特．米契爾的父親是喬治亞州歷史協會會長，她因此深切覺得美國人需要瞭解南北戰爭前的南方生活方式，怎樣被戰爭摧毀。她所著的《亂世佳人》不僅是有史以來最暢銷的書之一，她還得了美國國家圖書獎和普立茲獎。

杜斯妥也夫斯基熱烈關懷人的靈魂如何因受苦而重生，他寫的《罪與罰》就以此為核心。

珍．奧斯汀自己曾說，她寫作有如用一管極細的筆，在一小片象牙上寫字。她的熱情是嘲弄她身邊的中產階級與鄉村社會。

卡夫卡是二十世紀的文學巨人。他居住中歐，目睹第一次世界大戰與俄國革命等超大事件把他的世界鬧得天翻地覆。那時候現代主義已經誕生，佛洛依德、榮格和愛因斯坦等人揪著舊世界的耳朵叫它扭轉方向。他看見人生混亂又荒謬，人存活於世，茫然疏離又孤立。他想要讓讀者也看到他所見，這是他的熱情。他的作品現在公認為經典。

克蘭恩的作品如《鐵血雄師》也是經典。美國建立起寫實主義傳統，克蘭恩功不可沒，其他卓有貢獻的還包括德萊塞（Theodore Dreiser）、諾里斯（Frank Norris）、海明威、史坦貝克等等。克蘭恩認為《鐵血雄師》與過去的戰爭小說不同，它探討的是心理的恐懼，而不是戰爭中的英雄行徑。

文字如槍砲。你對某件事有強烈的感覺，就把你的槍砲對準它發射，擁有願景就是這個意思。懷抱著願景寫作，意思是你以簡直像是魔鬼附身似的熱情寫作。

假如你不這麼做，而是模仿別人，或寫出揭人隱私、聳人聽聞的作品，你不會得到多大滿足。只有寫你深深投入的題材、對你和讀者都極有意義的題材，你才會得到持久的滿足。寫這樣的作品，你必須以作家自居，知道你有話要說給全世界聽，而且是只有你能說的。

畢爾絲參加過我在加州大學柏克萊分校延伸部的幾次寫作班，她對於寫出自己的故事有很強的願望。她是一九五七年在小岩城就讀全白人中學的黑人小孩之一，她把這段經歷寫成《戰士不哭》一書，描寫她怎樣被人吐口水、羞辱、恐嚇、欺凌，嚇得要死。口袋書公司付出高額預付版稅為她出版。這是一本重要的書，歷久彌新，因為它是以強烈的熱情與寬大的心胸所寫出來的。

賀南德斯是我的好朋友，也曾短暫當過我的學生，原籍古巴。他十幾歲時曾經為反抗古巴獨裁總統巴蒂斯塔而作戰，後來卡斯楚掌權，他覺得自由之戰遭到出賣。他出版了三本超棒的驚悚小說，是關於對抗共產主義的地下工作人員。

麥可斯也參加過兩次我的寫作班，他很想讓大家看到同性戀者與其他人沒有兩樣，有各種怪癖，想要脫離寂寞，找到知心伴侶。他寫了一系列推理小說，好看、古怪、滑稽，由聖馬丁出版。書中主角史塔尼便是個同性戀美髮師。

另外一位參加過我寫作班的克雷頓，他強烈感覺美國原住民在西班牙統治時期遭遇悲慘，於是寫了一部關於這段歷史的超棒小說，叫做《酋長》。柏克萊出版社買下了版權，預付版稅並不高，但是編輯認為可以出續集，所以他的作家之路順利展開。

我很榮幸還收過一位高徒，是柏克女士，她參加過我的寫作班兩次。大眾看待名人——尤其是甘迺迪和瑪麗蓮夢露——的態度，一直令她驚訝著迷，所以她寫了一本以此為主題的諷刺小說叫《原子糖果》，超棒，棒透了。這本書由大西洋月刊出版，廣受好評。

還有一位女學生辛克萊，在黑人民權運動期間成長於芝加哥南區。她一直很想講這段故事，讓讀者瞭解身為黑人女性，在黑膚色被認為美的之前與之後，是什麼感覺。她辛勤工作好幾年，寫寫改改，把故事和文字都改得像是高級藝術與社會評論。在《咖啡讓你黑》尋找買主的第三天，海波龍出版社就買下了它。

你坐下來創作小說時，先沉思一下你想要說的是什麼。自問你對什麼有強烈感覺。問自己：我要成為怎樣的作者？我的任務是什麼？我要往何處去？我主張什麼？我要讀者怎麼說我？我想達成的目標是什麼？我要寫的主題有哪些？一本小說可以談一個、兩個或更多個主題。

布雷斯在《小說種種》一書裡說：一個作家，得要有話想說。他的意思是，作家得要有重要的話說。你有什麼重要的話要說？

這並不表示你想說教。馬克士（Percy Marks）在《寫作的技藝》（The Craft of Writing，一九三二年出版）中警告說，以說教的心態寫作，作者恐怕寫出來的是宣道詞而不是小說，沒有人喜歡看小說時聽訓。

你可以把自己的目標寫下來，你打算畢生從事寫作到底想獲得怎樣的成就，你手上正在寫的書希望達到怎樣的效果。寫在紙上，隔一段時間就拿出來看一看，想一想。你到底想做到什麼？

有位朋友寫通俗小說，寫一個犯了大罪、自認不可能得到救贖的人；寫大機構如司法體系、情報單位、大公司怎樣壓榨小民。他希望讀者看了他的書嚇到，從此以不同的方式看待事物。

另一位作家朋友是佛教徒，她非常相信人的愛心是世上善能之源。她筆下的人物總是經歷內心的大苦大悲，最後覺悟。她希望讀者也分享到這覺悟。

還有位朋友寫愛情小說。她希望她的讀者看到她書中的人物勇敢去冒險、去嘗新、去體驗，而受到啟發。她的目標不是寫出偉大的文學，而是寫出偉大的愛情故事，寫出愛的療癒力量和真情相許的美好。

在第四、第五章裡我們說到故事要有前提，那講的是技術層面；其實前提的意義不僅於此。你寫一個故事，其實是在說：讀者啊，來看，讓這樣一些人物處於這樣的狀況，結果會是這樣，因為人性使然。這是你認定的實情，如果你想要寫出超棒小說，你一定得強烈相信這是實情。

寫作是你在分享經驗，是一個轉化的過程。沒有什麼是純娛樂。你所寫的東西對讀者會產生情緒上和心靈上的影響，而且你寫得好的話，這影響會是深遠的。

寫小說，你有可能對世界產生好的影響，有可能讓世界改變，有可能改變別人的人生。要做到這樣，你得深深探索自己的內心，尋找你熱情的根源，如此才能找到你的力量。找到了，你就開啟了一扇大門，有可能寫出超棒小說，甚至寫出大師級傑作，而對現在與未來的讀者產生深遠的影響。

附錄

傳瑞Q&A

寫作十大律

Q

我原本是老師，最近剛退休。我一直想要寫東西，現在終於有時間了。我知道我要學的很多，我讀了你的《超棒小說這樣寫》，正在努力改善我的寫作技巧，可是要學會這麼多東西，得花很長的時間。我希望能很快學會，你能否建議一下，要怎樣可以加速學習過程？

‡

A

有一次在作家研討會上，我告訴大家，寫作有十大律，做到了可「保證」成為偉大小說家，每個人聽了都趕緊拿出紙筆來準備記下。我等大家都準備妥當了，才字正腔圓地嚴肅吐露這「保證」讓他們成為偉大作家的十大律：

讀！讀！讀！

寫！寫！寫！

忍！忍！忍！

我到此打住，聽眾當中比較細心的便提醒我說這才九律（雖然其實只有三律）。大家眾口一聲要我快說第十律為何，我於是響亮鏗鏘地宣告：不要用太多驚嘆號！

我是當成笑話講的，但說來奇怪，這些正是你該從此以後永遠遵奉的律法。前三律，讀，讀，讀，尤其重要。首先你得什麼都讀。因為要當作家你得知道，嗯，一大堆雜七雜八的事情。好的小說家是閱讀廣泛的博學者（而不是專精一門，如整脊師傅、水電工或教師）。如果你不知道冥思打坐是怎麼回事、佛經講什麼、佛陀何許人也，你如何能創造出一個佛教徒的角色？你不懂何謂T形尺，不曉得水平器是作什麼用，你怎能描寫一個木匠的生活？小說家必須要上知天文下知地理，歷史哲學藝術宗教詩歌無所不通，才能瞭解各種不同觀點、對世界的不同看法，才能把角色塑造得完整如真。

小說家必須對世界有好奇心，要讀各種你原本不感興趣的東西。為了寫小說，你得要對每件事都感興趣：當今流行音樂、哥德次文化、吸血鬼傳奇、阿根廷探戈、身體穿刺、不明飛行物體、中世紀法國詩歌等等。只要是當前世界流行的，小說家都得知道，因為說不定你會需要塑造一個角色就愛搞這些花樣。你得熟知新聞事件、最新趨勢、世界局勢、體壇動態、名人花邊、英國皇室與他們的家傳古董——事無巨細你都得收在眼裡。

你得讀一大堆小說，好弄清編輯們願意買下怎樣的書稿，現代讀者（你的讀者）喜歡看什麼。你自己要寫的那類小說你要特別多看，比方如果你寫的是推理小說，你就要多讀推理小說、推理小說、更多推理小說。你得知道你的市場狀況、哪些人在跟你競爭。

所以我講的笑話第一部分根本不是笑話。要加速走上小說家之路，你就讀、讀、讀，再讀、讀、讀。

接下來，教創作的老師都知道，要學會這門技藝，你得練習。換言之，你得寫、寫、寫。有人說，沒寫到一百萬字稱不上作家；我卻認識一些作家，寫了五百萬字才終於出版，其中有些後來滿成功的。你每天寫得愈多，你就學得愈快。所以你應該能多常寫就多常寫，能寫多少就寫多少。我認識的在寫作行業裡出人頭地的，如果說他們有什麼共同點的話，那就是他們都寫、寫、寫。

不要只為出版而寫，也要練習用各種文風來寫。我強烈建議你每天都練習，當作日常寫作的必做項目；你只要照做，我絕對保證你的文字風格進步神速。我親眼見到有人用這方法，在幾個月內從笨拙外行進步到文字優美的作家。

怎麼練習？首先找一位大師的優秀作品當範本。你的書架上想必有很多可用的範本，最好是挑選你想寫的那類小說。假設你想寫推理小說，我就會選擇派克或雷納德的作品，這兩位都文風優美，可是彼此迥然不同。

你選定了範本，就照抄一遍，可以用手寫，也可以打字。每天打上三五頁或更多，體會那文字的流動、韻律和節奏。

如此照抄二十五頁或三十頁以後，你就嘗試用這種風格寫作，用同樣的流動、韻律和節奏。過一陣子之後，你會發現你可以用這種文風寫作了，說不定幾週內你就可以模仿得相當好。

好啦，現在換一位大師，風格不同的。照樣，每天抄幾頁，然後模仿著寫。沒多久你就可以模仿兩種不同的風格了。這時再換一位作家來模仿。這麼下來，很快你就能用好幾種風格來寫作。

以下兩段文字，其中一段是海明威寫的，另一段是我的仿作。你且看看，能分辨哪一段是真貨嗎？

1

那天下午我們待在山腳下，一個長滿松樹的村子裡。傍晚時坐在酒店的門廊上，飲很烈很甜的水果酒，與支持皇室、篤信天主的店老闆大談政治。老甘那天情緒低潮，老說教宗是個法西斯。老闆聽了只覺得荒謬可笑，咯咯笑個不停，直給我們倒酒。我們坐到天很黑才走。

2

八月盛暑，巴黎人都跑光了，安娜和我回到這城市，開始吵架。到晚上吵得更兇，做愛很不愉快。我們為打掃房子和買麵包乳酪這類小事吵，也為大事吵：我們的未來、即將到來的孩子，以及我該不該去伊斯坦堡和瑞士。我們拿這些事做文章，因為真正的問題我們連哼一聲都不敢。真正的問題像末日烏雲懸在我們頭頂上，是無聲的凶兆。然後有一天早晨，我去里沃利街郵局看佛斯特先生從紐約寄出的支票到了沒有，結果是沒到。我回到房間，發現安娜走了，帶走了她的衣服她的書，以及我們冬天在阿姆斯特丹買的運河畫。她匆忙間在肉店的棕色紙上寫下潦草字跡，我不忍讀不願讀，直到後來喝得爛醉，才勉強面對它。

做這樣的練習，你不久就發現自己的獨特風格浮現了，是符合你個性的風格，與你先前模仿的各家風格都不同。你的朋友和其他作家看了你的稿子，會說你寫得真好。你可以告訴他們你天生有此才華。

接下來的三條——忍、忍、忍——是作家分內的人生常態。寫作的技巧很難學，創作故事有時候苦不堪言，改寫重寫更是苦得死去活來。跟編輯打交道就好像給人丟進獅子籠裡當午餐，然後當你的作品終於出版了，出版社卻沒有作足夠的宣傳，評論家則狠批你，拿荊棘的冠冕往你頭上按。

你若告訴老母你要當作家，她說不定跟你斷絕關係；你的朋友會認為你得了失心瘋；你的配偶會為你燃燭祈禱，驅逐你的心魔。這說明了，作家的人生就是受苦，創造出來的藝術作品沒人欣賞，編輯和經紀人對你冷嘲熱諷，過著遺世而獨立的寂寞生活，讀者大眾不在乎不珍惜，書評家還說些愚蠢無聊的風涼話消遣你。

那我們為何要寫作？因為，我的朋友，寫作中有狂喜，像是參與創造世界。單單這一點就足夠補償所有的苦痛而有餘。作家的人生是沉思靜想，是個人成長，很有成就感，而且是為了藝術而努力奮鬥並且受苦，此中自有光輝榮耀。

至於第十律，其理至明不需多言。

大麻煩

Q 你在《超棒小說這樣寫》書中講了很多關於構思情節、塑造人物以及推進故事的東西。你能不能具體教我該如何講故事？描述啦、場景啦、對白啦、結局啦，我都聽了很多，但是我在提筆寫作的時候，還是不知道該怎麼運用這些理論。老師們告訴我要簡潔，可是又說「要講述細節」！所以我寫了場景和對白，加上描寫，好把讀者帶進故事。可是這樣一來就寫太長了，得先寫上三、四個場景才能講到第一個衝突。若是改用描述法呢，衝突固然來得快些，可是文字就顯得蒼白無聊又膚淺。描述法和場景法要怎樣調配才好？

‡

A 有一位跟我一樣教創作的老師曾經問我：「你有沒有注意到，新手作家寫短篇故事總是拖到第七頁故事才真的開始，而若是長篇小說則要到第五十三頁才進入狀況？」

我告訴他，我不敢說一定是第七頁和第五十三頁，不過我懂他的意思。新手作家確實不太能讓故事迅速進展，那是因為他們誤以為在講故事以前得先告訴讀者事情的來龍去脈。有人稱這樣的開頭為「清喉嚨」，就像拙劣的演講人上了台總要先清清喉嚨、咳兩聲、哼哼氣。

寫小說而要清喉嚨，原因之一是新手作家擔心讀者沒耐心等到衝突發生之後才來補述原委。但老手知道讀者會等。讀者有耐心，會等著慢慢發現女主角原來有一頭紅髮，母親是巴黎人，姊姊死於車禍，她自己則對南瓜子過敏。老手知道讀者喜歡一邊看故事向前推進，一邊得知過去發生的事；這是閱讀的樂趣。

下面這個例子就是清喉嚨式的開頭：

杰生在俄亥俄州中央鎮山邊製造廠的運貨部門工作。他二十八歲，已婚，有兩個小孩，兒子六歲，女兒十歲。他個子高而瘦，眼睛深褐色。他母親有一半墨西哥血統，年輕時是個大美人，虔誠的天主教徒。他父親則是波士頓來的英國後裔，是個焊接工，為人正直善良。杰生在學校裡成績並不好，他喜歡打棒球，夢想著有朝一日成為紐約洋基隊的隊員，沒想到他十一歲時騎腳踏車摔傷了手肘，從此棒球就打不順手了。高中時他開始學吹法國號，後來發現自己怎麼也吹不好，就沒興趣了。杰生工作的運貨部門是一間超大庫房，大如足球場。光這個部門就有一百名員工。天花板是玻璃的，所以白天當陽光透過積灰的玻璃照射進來，總是泛著黃光。大疋大疋的布料堆積著，等人綑綁成落，裝上卡車。卡車呢，每天傍晚駛進載貨區，等著次晨上貨……

很無聊，是吧？香菸盒上的警告標語還比這有意思點。

其實要打破清喉嚨的習慣很容易，你只要讓一個人物（主角與否無所謂）從第一行起就惹上「大麻煩」，就行了。

我們且把上面例子中那個挺無聊的男主角放進大麻煩裡，看看會怎樣：

一個落雨的週二早晨，杰生．愛德生來到他上班的製造廠，在他的置物櫃裡發現一張通知，叫他馬上去領班處報到。起先他想，說不定要升他當日班的督導了。老天在上，他們真該升他了，他經常自願加班，每份訂單都查核再查核，因此從不犯錯，他從不請病假，即使有一天他牙疼得讓他的頭像是要炸開來，他也沒請。

以為升遷在望，他三步併作兩步跑到領班辦公室。貨運部門是一個超大庫房，大得像足球場。廠裡光貨運部門就聘了一百名員工。天花板是玻璃的，陽光透過積灰的玻璃照進來，所以白天總有一種黃黃的光。大疋大疋的布料堆得山高，等人把它們綑綁成落，按照訂單數量裝上卡車。卡車呢，總是在傍晚時駛進載貨區，等待次晨上貨。

杰生一衝進領班辦公室的門，馬上知道不是要升他的官。領班詹老先生坐在辦公桌後面，眼神嚴厲彷彿對他很不滿。桌子兩邊各站了一個警察，兩人都瞪著杰生瞧。

「我們抓到你了，愛德生。」詹老說：「我們知道你在搞什麼鬼。」

「你老實說，誰跟你同夥？」一個警察說：「我們說不定可以在法官面前幫你求個情。」

杰生搖搖頭，根本不曉得他們在講什麼。他抓抓手肘。他一有煩心事，小時候騎腳踏車受的舊傷就會復發。那次出車禍，把他當紐約洋基隊選手的美夢給毀了。

領班說他們想看看他的置物櫃。

沒問題，杰生說，他沒有不可告人的事。他安分愛家，他說，有兩個小孩，從來沒做過違法的事，絕對不想進監獄……

到此，你會注意到，關於主角是怎樣的人、場景設計的描述等等，都是隨著故事的推展而逐步透露，不是唏哩嘩啦一股腦兒堆出來，不是清喉嚨似地惹人厭煩。

所以，往後你開始說故事，一起頭就先把一個角色丟進大麻煩裡，而且這麻煩一定要愈來愈大。說穿了，這是講故事最重要的本事：讓人物陷入困境，怎麼也逃不掉。

你還問到使用描述法的問題。小說作者在兩種情況下會使用描述法：一是告訴讀者先前發生的行動，也就是在故事中的此刻之前，對於讀者正在閱讀的故事有影響的事件；另一是告訴讀者在一段比較長的時間裡發生的戲劇性行動，因為是在比較長的時間裡發生的，所以不適合用戲劇性的場景來表達。

當你用描述法寫作的時候，要記得，在場景法中所有抓住讀者的技巧——衝突、內心掙扎、情緒、五官感知細節、人物性格演變等等——在描述法中都照樣適用。以下是一個拙劣敘述的例子，我們沿用杰生・愛德生這號人物。假設說他甩開警察，逃走了，此刻亡命天涯：

他一邊開車，一邊想著他的妻子愛倫，她一定嚇死了。他們是十年前，高中時在舞會上認識的，之後交往了六年。愛倫是善良正直的人，相夫教子、操持家務……

這段不算差，因為還是以大麻煩為背景，但到底只是平鋪直敘。我們來運用一點戲劇場景的技巧看看：

車子開始沿著崎嶇的泥土路爬坡，杰生放慢速度。路邊密生著黃松，他搖下窗玻璃，大口呼吸樹木清新的芬芳。他想起第一次跟愛倫約會，就是帶她來這裡，她緊抓著車門把手，模樣嬌羞，眼睛則偷偷瞄他。他記得自己全身為之暖烘烘，一顆心砰砰然。他想起新婚那晚他們住在橡木桶汽車旅館，愛倫同樣非常嬌羞，非常害怕。他們倆坐在一起喝酸酒喝了一小時，他撫摸她的金黃色頭髮，親吻她的頸項。他也想起，每當他下工回家，一身灰塵與汗臭，加上地毯化學品的氣味，她卻總是擁抱他、親吻他，明亮的藍眼睛熠熠生輝……

好，你看到了，故事一邊發展，你一邊描述過去發生的事，也同樣要按照我們講過的原則來寫。新手作家總想簡要敘述過去的事件，結果讀起來就像是一份摘要，而不像好小說。如下：

那整個夏天，杰生待在山裡，偷露營客的東西吃，睡在他的車上，不敢跟他太太聯繫。夏去秋來，他不得不從滑雪客棧的廚房偷食物，也偷毯子和衣服，很小心不給抓到……

我們要是運用場景寫作的同樣技巧，讀者會融入得多。其中的差別其實僅在於，時間會過得快多了：

杰生是八月底遁入荒野的。起初幾天，他躲在濃密的黃松林內，徒手拉扯下小樹的枝葉來遮蓋他的車，皮膚因此割傷，甜香的松脂沾得他一身黏黏的。

第三天起，飢餓啃噬著他，他覺得自己開始產生幻覺。愛倫在他面前出現了，搖著頭——跟他說了些什麼呢？他不知道。他應該出面投案嗎？才不要，去他的，他沒有做壞事，他需要時間思考。

第四天，他偷了一只野餐籃子，裡面全是美滋滋的火腿三明治和酸黃瓜。他很小心，躲在松樹林裡，匍匐穿越鋪滿厚厚松針的潮溼地面，確定沒人看見他。這變成一場遊戲，而他成了遊戲高手。他學會每次只拿一點點，人家不會注意短少，所以根本不知道他的存在。

到九月，夜晚變涼了。他想念愛倫和孩子們，但不敢打電話。他母親是虔誠的墨西哥天主教徒，從小教他關於地獄種種，拿監獄來比擬，說兩者都是單獨監禁在黑暗的小房間裡，被惡魔般的獄卒拷打。一想到他可能會被關進這種恐怖地方，就讓他一陣顫慄。

一天夜裡他從夢中驚醒，夢到愛倫，她沒有臉。醒來時，他發現她在他心中的形象已經不像往日清晰。他得見她，但怎樣才能見到？

他確定警方監視著他的家。他不能冒險，絕對不能。之後幾個晚上，他都在哭泣中入睡。

那年雪來得早，大片的圓形雪花在強風中旋轉，掩埋了他的車。滑雪場「天國之門」也提早開了，他發現那木造的老房子有很多古老生鏽的鎖。他逐漸以「魅影」自居，是滑雪場的主宰……

在你寫戲劇性描述的時候，就要像你寫場景一樣，加入各種的感官細節，加入情緒、衝突、內心掙扎、人物發展等等。如此這般，你也將會成為你的文字主宰。

希望我的答覆對你有幫助。

人物的轉變

Q 當我必須寫某個特定主題的時候（例如「愛情是盲目的」），我要怎麼開始？有時候因為編輯要出特刊專輯，作家不得不照規定的主題來寫。在這種情況下，我如何能創造出強而有力的人物，如何能避免冰冷的骨肉（你知道我的意思嗎？），如何能運用你的方法？

‡

A 好故事都是在講人物的轉變，沒有例外。在長篇小說、完整長度的戲劇或電視劇裡，這轉變應該是深刻的，例如在狄更斯的《小氣財神》裡，一個沒心沒肝的冷酷小人變成了聖誕老公公。在短篇小說或是獨幕劇裡，轉變當然就不那麼深刻，常常就只是像喬伊斯所稱的「天降靈光」，也就是人物對自己或對人生等等忽有所悟。

怎麼轉變，通常出乎讀者意料之外。雖然意外，讀者卻不應感到全沒來由，而且應該符合從一開始就呈現給讀者的人物個性。

如你所說，別人指定了題目要你來寫，在塑造人物時你得想好這人物要經歷怎樣的轉變。以「愛情是盲目的」這個主題來說，你可能會寫這人物對愛侶的用情不專視若無睹，不肯相信她一有機會就要出軌。或者你要寫的是情人眼裡出西施，對於對方的缺點如自私、潑辣等等視而不見。之後你才鋪陳出令這人有此盲點的背景故事。

舉例來說，假設你塑造出一個人叫做狄崔，幼年父母雙亡，在一個接著一個的扶養家庭裡受到虐待，所以長大後很怕與人相處，但私心渴望偉大的愛情。他的個性穩定，勤勞上進，是優秀的數學家。雖然渴望愛情，卻自認一定得不到愛情。他不敢付出愛，怕別人棄之於地，因此他形單影隻，經常鬱鬱寡歡，有時甚至有自殺的念頭。他尖酸刻薄的態度讓人退避三舍，於是他更加孤寂。

塑造人物的關鍵是要像造物主，讓人物活過來。以上速寫狄崔這個人的背景故事，只是一個簡略版本，我會建議作者在塑造故事中主要角色時，都要寫出關於這人的點點滴滴。我建議人物的背景資料應該寫成好幾頁，好讓作者徹底瞭解這個人物的相貌、行為和想法。

我也強烈建議作者用角色的聲音寫日記，這樣可以幫助作者進入此人物的腦袋。例如：

沒錯，我在這大學裡日子過得不賴，我的事業蒸蒸日上。要知道，大家都曉得我是解開魏克斯里難題的那個人。在數學世界裡，我很出名。學生們公認我要求很高，一絲不苟但是公平。我認為數學是要求很高的領域，如果沒這種才情就別進來。我寫的教科書賣得很好，賺到的錢我拿來旅行，我喜歡旅行。

你（指作者）要我談談童年，可童年的事我寧可忘記。在一個寄養家庭裡我住了三年，每天只有粥可吃，鞋底穿了太多洞，我只好拿硬紙板墊在腳下。法律規定我要有自己的房間，所以我有，可是房間裡總是瀰漫著對街溶脂場傳來的氣味，我真討厭那氣味。我總是孤獨一人。那時我每天晚上窺看隔壁人家的女孩梳頭，她有金色的長髮，白天紮成辮子，到晚上她就花一小時梳理，邊梳邊哼歌。她知道我從我黑暗的房間裡看她，我猜她還滿高興的，知道有人仰慕她。我那時常夢見她，我給她取名叫席爾達，那是我從一本書上看到的女孩名字。雖然就住在隔壁，我卻不知道她的真名。她比我大兩歲，念天主教學校……

雖然在塑造這個人物時你心中主題已定，但在這麼短短幾段文字裡他已經活了起來，有希望成為活生生有個性的人。

再來談你說的主題，「愛情是盲目的」。我們假設他是在五十五歲的時候，愛上了芳齡三十三的尤妲。

簡單說，我們必須把她塑造成一個既愛男主角、又想與別的男人交往的女人。她圖謀殺害狄崔，雖然證據明確呈現在狄崔眼前，他卻仍然愛她，因為他需要愛她，他的個性如此。

過程中這男人心情逐漸轉變：他為她瘋狂，他的愛情是盲目的，在與她談話時總是表示他倆將生生世世永不分離，她聽著不置可否，暗自期望他的意思是會幫助她出獄，而其實他的意思是兩人應相擁而死。

哎，真是悲劇啊。

重要的是，愛情中的盲目行為是人物發展的自然結果，所以讀者閱讀時並不會感覺到男主角所採取的行動是作者的精心布局。

論回顧

Q 在《超棒小說這樣寫》中，你建議大家盡量避免用回顧敘事。可是我發現如果不用回顧法，我提供背景資訊時就會顯得乏味，而我認為乏味比什麼都糟糕。怎麼辦？

‡

A 好吧，我先坦白一下，當時我反對使用回顧法，是因為我注意到新手作家老喜歡在故事明明講得很有意思的時候，忽然岔開去回顧通常沒什麼要緊的往事。我當時的理論是，他們這麼做是因為故事漸漸進入高潮了，人物受到的壓力愈來愈大——這本來是很好的事——新手作家把這壓力當成了自己的，他們覺得難以忍受，於是決定給讀者一段回顧，來鬆弛自己的緊張。教導創作的老師們稱這現象為逃避衝突，很多新手作家犯這個毛病，所以我在《超棒小說這樣寫》中建議他們，除非必要不要使用回顧。

回顧本身並不是壞事，有時候回顧很能幫助讀者瞭解人物。

我們先來澄清名詞的定義。回顧，是一個場景或一連串場景，以戲劇方式展現發生在「目前」的故事時間之前的事件。比方說，你在寫發生於二〇〇一年的謀殺案，可是你想要以戲劇方式展現十年前，也就是在一九九一年，兇手與被害人曾經有過一段戀情。你決定用回顧的方式來展現，所以你從現狀的時間轉入一九九一年的過去場景，像這樣：

山姆回到辦公室，倒了一大杯波本威士忌，凝視著那濃豔的褐色。他坐在老搖椅上，往後靠，兩腳高踞辦公桌上，抿了一口波本酒，想著秀德，想著一九九一年三月那個雨天，在巴黎里沃利街花神咖啡館與秀德會晤，真是糟透、蠢透了。

他記得秀德穿一件藍色襯衫，正搭配她深藍色的眸子。她手持咖啡杯，從杯緣上看著他，眸子亮晶晶的。

「我可能會愛上你，山姆。」她說。

「可能？」

「對，可能。」

「你且說說看，為何不是已經愛上我了呢？」

「我受不了當老二。」

「跟我在一起，你不是老二，秀德。」

「我是。你愛的是與死神共舞，你只愛危險夫人，不愛我。」

「你若要我，就得接受整個兒的我。」

「再說一遍——除非我能成為你生命中最重要的，才行。」

「我是個偵探。」他斷然說：「這我沒法子改變，正如我不可能喝光塞納河的水。」

如今，在他的辦公室裡，他凝視著酒杯裡的波本酒，思忖當時他應該怎麼回答。說，為了她，他願意改行當鞋匠、當計程車司機、當公車車掌，當什麼都可以……

這樣的回顧，可以讓人物栩栩如生，而往事也很有戲劇張力，說不定還說清楚了兩個主角之間的關係。這技巧很好用，作者並不是藉此逃避衝突。

回顧所展現的是所謂「前情」。也有其他方法可以展現前情，其中之一是在戲劇性衝突中展現。比方說，在故事的現況中，由於秀德慘死，山姆受到警方偵訊。

戴偉洛督察深深吸一口他的高盧牌香菸，對著坐在桌子對面的山姆冷笑。偵訊室四壁灰色。

「一九九一年三月，你在巴黎認識了秀德．史密特，是吧？」

「你好像無所不知，何不由你告訴我算了？」

「你們倆根本就同居在海盜大飯店二〇六房，沒錯吧？」

「是嗎？」

「你們倆深陷愛河，活像一對情竇初開的青少年，手挽著手在杜樂麗花園裡閒逛……。別想抵賴。你愛她，可是她甩了你，另搭上一個義大利伯爵，不是嗎？」

「我跟她之間的事與你毫不相關。」

「你想娶她，我們知道你告訴了你的矮子朋友這話。是啊，他什麼都跟我們說了。」

「他應該閉上他的大嘴巴，我得教訓他，讓他學個乖。」

「她要你退出私家偵探行業，可是你不肯，於是她跑掉了。承認吧。」

「你真能扯。好吧，我認識她，我們很談得來。後來她跟那義大利人還有他的錢一起去了那不勒斯，就這樣，你不必大做文章。夥計，你知道，女人就像感冒，你碰上了，會發一點燒，吃飯沒胃口，可是只要你多休息，喝點柳丁汁，很快就會好了。」

「既然你沒把她當一回事，那，為什麼她遇害以後，你糾纏著吉蘭先生，把他痛揍一頓？」

「我這人天性好奇，生意清淡的時候我喜歡找點謀殺案來消遣消遣，免得生疏了手段。」

「你否認曾經與秀德·史密特戀愛？」

「有人告訴過我，我愛的是危險夫人，別人我都不愛。」

你看，雖然使用的是間接對話，讀者仍能讀出字裡行間的意思：他倆有過一段同居的日子，熱愛彼此，但她不能忍受他以偵探為業。

不過，要讓讀者明瞭前情，最常用也最有效的方法仍然是用戲劇性的敘述法直接講述。比方說，我們的偵探山姆剛剛見到屍體，讀者不明白他為何如此震驚，為什麼一下子氣得要狠揍吉蘭先生，逼他說出怎麼回事。讀者需要馬上知道前因，可是你不想來一段回顧，怕把劇情拉慢了。

簡述法常常是像這樣：

山姆十年前在巴黎認識了秀德。他倆有一天在街上偶遇，很快就發生了肉體關係。他愛她，可是她堅持他得放棄偵探行業，而他不能。兩人於是分手。她跟著一個義大利伯爵去了那不勒斯。

矮油！寫得真差，又臭又扁活像路邊輾死的動物。戲劇性的敘述不是僅僅概述事實，前情不應幾筆帶過，應該用戲劇性的描述展現出來，要跟用場景法描寫一樣起伏跌宕、多采多姿。像這樣：

從停屍所開車出來，山姆回想著最後一次見到她的情景。那是三月一個落雨的晚上，在里沃利街花神咖啡館。她穿著藍色的襯衫，正搭配她水靈靈的藍眼睛，她用那雙眼睛越過咖啡杯上緣瞧著他，說她可能會愛上他。可能會，她是這麼說的。要是她能成為他生命中的首要，而不是屈居於他所摯愛的危險夫人之下的話。可是他說他不打算為她放棄偵探事業，還悲嘆著加上一句說，喝乾塞納河的水還容易些。他真是一個大傻瓜呀，他現在想……

寫小說，就是要在讀者心中的劇場鋪陳出一場連續不斷的戲劇。回顧、戲劇性對談往事，以及用戲劇手法敘述前情，都能幫助戲劇鋪陳得更完整，都能幫助讀者瞭解並且同情你的筆下人物。

國家圖書館出版品預行編目(CIP)資料

超棒小說再進化 / 詹姆斯・傅瑞 (James N. Frey) 著 ; 尹萍譯.
-- 初版. -- 臺北市 : 雲夢千里文化 2014.02
面 ;　公分
譯自 : How To Write A Damn Good Novel, II : Advanced Techniques For Dramatic Storytelling

ISBN 978-986-89802-4-2 (平裝)

1.小說 2.寫作法

812.7　　103002539

寫吧 02

超棒小說再進化

深度剖析拍成電影的暢銷小說，教你呈現好萊塢等級的戲劇張力！

HOW TO WRITE A DAMN GOOD NOVEL, II：Advanced Techniques for Dramatic Storytelling

作　　者：詹姆斯・傅瑞 (James N. Frey)
譯　　者：尹萍
協力編輯：康懷貞
行銷企劃：陳旻毓
封面設計：蔡南昇
美術設計：李岱玲

發 行 人：康懷貞
出版發行：雲夢千里文化創意事業有限公司
地　　址：104 台北市中山區南京東路一段 2 號 3 樓
電　　話：(02) 2568-2039
傳　　真：(02) 2568-2639
服務信箱：somewhere.else123@gmail.com

總 經 銷：大和書報圖書股份有限公司
地　　址：242 新北市新莊區五工五路 2 號
電　　話：(02) 8990-2588
傳　　真：(02) 2299-7900

ISBN ：978-986-89802-4-2
出版日期：2014 年 3 月 初版 1 刷
　　　　　2016 年 10 月 初版 7 刷
定　　價：320 元

雲夢千里
somewhereelse.tw